海の中の記憶

中原 信
NAKAHARA SHIN

幻冬舎 MC

海の中の記憶

目次

アメリカ文学ゼミ

　ウェイトレスという仕事は皿洗いよりましだと思っていたが、給料があまり違わないと知って一瞬肩の力が抜けた。制服のクリーニングは週に一度と決まっていて、夏場の忙しい時に汗するとブラウスが臭うような気がして、とてもイヤだった。仕事がひけるとブラウスだけ持ち出して、アパートの洗面所で水洗いした。

　クリーニングに出した衣服についてくる針金のハンガーにブラウスを通して、翌日の昼までに乾くようにと、一番風通しの良いところに吊るし、夜中ではあったが両の掌でパンパンはたいて皺を伸ばした。

「ああ、男なら多少汚れていても、おかまいなしなのに……」

　女性に対してはなぜか厳しい基準がある。

　大学を卒業したものの、志望通りに就職先が決まらなかった私は、レストランでアルバイトをしながら就職活動に取り組んでいた。ジャーナリストを育てる専門学校の聴講生になり、実戦的な英会話のスキルアップも怠らなかった。

大学では文学部英米文学科でアメリカ文学を専攻した。本当はイギリス文学のゼミに参加しアイルランド文学をやりたかったが、担当教授が伝統主義的な文学観のシェイクスピア学者であったためか、優等生以外はシャットアウト、私はイギリス文学ゼミに入れず、仕方なくアメリカ文学ゼミに拾ってもらった。

個性派が多いアメリカ文学ゼミの教授は放任主義の人で、学生は何ものにも縛られることなく、思い思いのやり方で作品と向きあった。自分の発表の番がまわってくると、卒論で取り上げる予定の作品を、ゼミ生仲間の前で〝講読〟する。

教育実習から帰ってきたばかりのK君が、ヘミングウェイの『老人と海』からいくつか選んだ場面《シーン》をコピーして配り、テキストを読み上げ、語句などを解説しながら、重要な段落を翻訳し自分流の解釈を加えた。

以前はラグビーばかりしていたK君だったが、四年生になって英語教師になる目標ができたからか、まじめで誠実な学生になった。

教授は『老人と海』の物語が終わった後、老いた漁師の身がどうなるのか、ゼミ生に尋ねた。みな一様に「このまま死んでいく」と答えたが、K君だけは答が違っていた。

「明日また漁に出ると思います」

「何を根拠にそう思うのか？」

「『ライオンの夢』を見るからです」

「それは老人が見る夢なんだが……」

教授はヘミングウェイの晩年と死を巡る話を少しだけしたが、途中でベルが鳴って、古めかしいペーパーバッグを閉じてそそくさと帰っていった。

「やるじゃん」

「ああ」

「来週、私、サリンジャーやるんだけど……」

「ああ、掲示で見た。『ライ麦』やるんでしょ」

「ええ」

K君は故郷の中学校で行われる教育実習へ行く前、私に告白してきたが、私はあっさりフッた。その後、実習中いっしょだった別の大学の学生とつき合うことになった。

律儀な性格のこの男は、いちいち二人の初恋を報告してきた。前より大人びた横顔を見て、私は恋の悩みを聞いてあげることにした。

卒業後、何年か経って、ある雑誌が『老人と海』のモデルとなった漁師の「その後」を特集した。彼はヘミングウェイが命を落とした後も、キューバの漁村で長生きし、九十代になるまで漁を続けたそうだ。


翌週、私の発表はまあまあの出来で後輩の反応もまずまずであった。『ライ麦』は学部二、三年生にはウケるが、四年生にはウケない。

私は『ライ麦』以外の、いわゆるサーガと呼ばれるほかの作品群も一通り目を通していたが、『ライ麦』の〝講読〟では、子どもの視点で描かれた小説を大人としてどう料理するかが試された。


ゼミ生は二年近くかけて一人の作家と向き合い研究する。またほかのゼミ生の発表もあるから、週に一作品は自分の担当以外の作家の作品も読む。

一見単調なテキスト読解中心の〝儀式〟だが、ほかの学生の分まできちんと原文で読めば、年に二、三十冊読む計算になる。まじめに取り組めば負担は重くなり、自分の分だけで済ませれば負担を軽くすることもできた。

一年次後期からゼミに入って「武者修行」と呼ばれる教授直伝の精読授業が終わると、二年次の後期に自分の担当を決める。先輩の作家を引き継ぐ人が多い。私は四年生のリカコさんから、サリンジャー担当を受け継いだ。

リカコさんは、ゼミで一番の英語力の持ち主で、既に一流商社に内定が決まっていた。そのような人から人気のあるサリンジャー担当の後を継ぐ人は、なぜか優等生でなければならないという不文律があった。

私の成績では少々難あり、とリカコさんから見られていたためか、卒業生との合同コンパの日、リカコさんは私と二人だけの時間をわざわざ作って、「サリンジャー班の伝統をよろしく頼む」と念押ししてきた。

「どうしてそこまで責任を負わなければならないんですか？」

「そりゃ、愛だわ。この世界にはハルキストがいるように、サリンジャーを愛する人がいるの。私たちはアメリカ文学ゼミの一員として、サリンジャーへの愛を貫かなければならないの」とリカコさんは真顔で言うのであった。

酎ハイをお代わりしたリカコさんが、酔った勢いで後輩の私に対し、〝指導〟

と〝激励〟の言葉を大袈裟に語っていると思ったが、それは違っていた。

「知ったかぶりの知識で、サリンジャー班の卒論は書かないでほしい」

リカコさんの強い〝要請〟には、テキストを深く読み込んだ者だけがわかる、理解の正確さとその確からしさへの自信が裏打ちされていた。

「謎多き作家だからって、テキストをちゃんと読まないでいいって理由にはならないわ」


私は巷に溢れている噂程度の根拠に基づき、推測や憶測で論文を書くつもりは毛頭なかったが、自分の英語力がリカコさんのレベルに及ばないこともよく自覚していた。

サリンジャーがただ好きなだけ、ほかの作家より私の性分に合っていると感じただけ、というのが、サリンジャーを選んだ理由だったが、そういう私のミーハー的な態度がリカコさんに見抜かれていたのも事実だった。

リカコさんに託された重荷に戸惑いつつも、担当を引き継ぐことの責任と、その洞窟の中にある文学の深淵のようなものは、私なりに感じていた。それはサリンジャー班の先輩たちが書いてきた論文の、分厚いファイルを手渡されたからだった。

私は二年間主要なサリンジャー作品とみっちり向き合った。四年生になった今、リカコさんがあの時訴えたかったことが少しわかった。

実は私以外にもう一人、サリンジャー担当を志望する男子学生がいた。彼は高校生の時、『ライ麦』を読んで愛読者になった。しかし、私より成績が振るわず希望は叶わなかった。教授と相談し、彼はオー・ヘンリー担当になり、短編集を読んでいくうちにヤル気になったそうだ。

ホーソーン班、ポー班、ホイットマン班、メルヴィル班、トウェイン班、ドライサー班、ヘミングウェイ班、そして黒人文学班などなど、アメリカ文学史上偉大な作家たちの作品を一通り学べるように各担当が構成されていた。

いずれも先輩から後輩へ引き継がれ、それぞれの班の卒論ファイルは年ごとに厚さを増していった。

私はリカコさんから伝統のファイルを受け継ぎ、改めてサリンジャーという作家の特異な視点とその誠実さを感じた。

「サリンジャーはなぜ『ライ麦』を書いたのか。それは冒頭のところではっきり述べられている通り、マッカーシーという政治家の名前とともに記憶されている『スパイ狩り《マッカーシズム》』が関係している」

「……人の心の中に土足で踏み込んでくる権力に対して、サリンジャーという作家ははっきりNOを突きつけている。彼が守ろうとしているものは人間の心の最も大切な部分であり、何人も侵してはならないものなのだ」

「ハリウッドのある大物俳優は、『スパイ狩り《マッカーシズム》』を実行する委員会の意図に従って行動すること――すなわちそれは密告のことだが――が、アメリカ国民として当たり前のことだと信じて疑わなかった。当時は圧倒的な力を背景に、多数派のアメリカ人が熱狂的な感情を伴って、密告と吊し上げをすることが正義だと信じていた」

「もちろんサリンジャーは文学者だから、マルコムXのような武力闘争をするわけではない。あくまで控えめに、ライ麦畑で迷った人がいたら、自分が捕手《キャッチャー》になって受け止めてあげるよ、と主人公に〝宣言〟させることで物語を終わらせている」

「頼りない少年にそう言われても、誰も本当の捕手になることを彼に求めているわけではない。将来本物になってくれるなら、それはそれで歓迎するよという気持ちから、彼を応援しエールを送っている。行き過ぎが生じないことへの配慮があるからこそ、読者はサリンジャーを支持する気持ちになるのではないか」

ファイルの中にあった卒論の一部だ。当時の社会状況を踏まえ、典型的なアメリカ市民の意識と行動がよく描けている。ただ、私なりに言わせてもらえれば、この小説に描かれている内容は、基本的に、精神的に未熟な男の子の論理《ロジック》だと思う。他の学生のファイルも見てみよう。

「物語の主人公に少年を設定するやり方は、『ハックルベリーフィンの冒険』以来の、アメリカ文学の、ひいてはアメリカ・ジャーナリズムの〝伝統〟だという人もいるが、こんなにナイーブな心の持ち主がもし女性だったら、圧倒的な社会の圧力に押し潰されて死んでしまうだろう」

「生命として生き続けようとするなら、安全な場所に避難するか、強い者に守ってもらうか、はたまた知恵と勇気を働かせるか、だ。いい悪いは別として、女性はいつも危険と隣り合わせだ。自分の身は自分で守っていかなくてはならない。その生存への意識は男性とは比べものにならない」

「女性は女性であることを常に意識させられる。そのように体が自分自身に促すのだ。その証拠に、自殺する人の数は男性の方が多い。女性は一人になっても男性より長生きできる」

「たとえ男性の庇護の下にあっても、女性の方が何百倍も現実と向き合って生きている。男性はロマンチストになれるが、女性はリアリストにしかなれない」

「夢見ることはあっても、目の前の利害関係はちゃんと見据えて、計算し、何をすべきか考えて、動く。無鉄砲で野放図な男のようには生きられない複雑な仕組みを内包する体とともに、女は女としての負荷を克服しつつ、強くたくましく生きていかざるを得ない」

「サリンジャーに共感するナイーブな男性たちに対して、女性の読者はどちらかというと、母性の立場からこの小説世界を見ることになる（幼い妹のフィービーがまさに母性の素のようなものを体現している！）」

「少年に共感している男性の読者は、主人公の内面に寄り添うことで、己れのアイデンティティとその成長を確認するが、女性の読者は、主人公の少年を包み込むことで、女性と男性の性別を超えて存在する人間の心の躍動を素直に感じ取るのだ」

「それは、胎児という異物を抱え込む女性の宿命づけられた立ち位置であり、同時に母になるための訓練でもある」
「もちろん『捕手』の延長線上には、父性があるのはわかるが、その父性はまだ新しい生命を守れるほど成熟していない。まだまだ頼りない存在なのである」

私はリカコさんよりずっと以前の、ある女子学生によって書かれたエッセイ風の卒論を拾い読みして、この人は社会人か、それとも、出産・子育て経験のある人じゃないかと想像した。

教授に聞いてみると、果たしてそうであった。子どもが大きくなったので、自分も大学で勉強をしてみたくなったという五十代の専業主婦であった。私はそのことに喜びを感じた。励まされる思いがした。

私の発表の後、教授が講評を述べた。
「神のような力を得た人間が、敵が同じ力を持つことを恐れるあまり、自らの〝正義〟を過信して、執拗に人を追い詰め、〝スパイ〟を排除《パージ》する。作者は不良少年の目を通して、米ソ冷戦下の政治的熱狂である『スパイ狩り《マッカーシズム》』を非難している」

「公民権運動が本格化する前の冷戦下、共産主義者をソ連のスパイとみなし社会の各分野から排除しようとする『スパイ狩り《マッカーシズム》』は、仲間を裏切る密告を人々に強要し、植民地時代の『魔女狩り』を再現したかのような吊し上げを行った。しかし、安全保障上の理由で行っている『スパイ狩り《マッカーシズム》』に異議申し立てを行うためには、作者にそれなりの『説得力』が必要だ」と教授は主張するのであった。

その「説得力」とは何なのか？　戦後の、平和な時代に生まれ育った者にはわかりにくい。教授によるとその「説得力」とは、「作者・サリンジャーの戦争体験にほかならない」と力説した。

若かった私は、あの時何を言われたのか、よくわからなかったが、最近になって、ようやくそれが見えてきた。

サリンジャーは、ノルマンディー上陸作戦など第二次世界大戦を兵士として戦った人であった。若かりしサリンジャーは、戦場がどんなところか、よく知らないまま、そこへ飛び込んでいったと考えられる。

自分の歩むべき道を見失った若者を戦場へ誘《いざな》う大人がいるが、実際に戦場で闘い、深い心の傷を負ったサリンジャーは――あの汚ない言葉遣いから戦地から帰国した帰還兵《ヴェテラン》たちは作者が同じ帰還兵《ヴェテラン》だとすぐにわかるらしいが——未来のある若者たちに、戦争という悲惨な体験をしないで済むならしてほしくない。そのような願いを込めて、迷える若者に踏み止まってもらうために『ライ麦畑の捕手』を書いたのではないか。

梅雨明け前、曇天続きの日の午後、Nという学生が、フラナリー・オコナーの短編を〝講読〟した。

私は要領得ないNの話は無視して、英文のテキストを先へ先へと目で追っていった。この作家独自の小説世界へ引き込まれていった。

突然、ショックを受け猛烈な吐き気を催して教室を飛び出した。しばらく化粧室にいた。少し落ち着いたので、身なりを整え教室に戻った。ゼミ生は解散して、K以外誰もいなかった。

「大丈夫？」

Kは優しく声をかけてくれた。全身から力が抜けてしまった私は、赤ちゃん返りした子どものように甘えたくなり、Kに私の体を支えてほしいと頼んだ。

「あの、とても気分が悪いの。私のアパートまで遠いから、あなたの部屋で、二、三時間休ませて……」と私はKに懇願した。Kは頷いて私を介抱してくれた。

Kのアパートは大学のすぐ近くにある。

Kは自分の部屋のソファに私を寝かせた。

洗濯してあると思われる大きなタオルでクッションを包み込み、それを枕にして、私の頭の下に置いてくれた。

客用と思われる花柄のタオルケットを、寝ている私の上にかけてくれた。

力を失った私はそのままぐっすり眠ってしまった。


目が覚めると電気は消えていた。静かな木造アパートの一室にあって、真夜中、私とKは二人きりだ。

Kは仰向けの姿勢でよく眠っている。私は枕元に寄ってKを見つめた。昼、精悍な大人の顔になったと思ったが、寝ている時は子どものようだ。

私はKの唇にそっとキスをした。

最初で最後のキスだと思った。

Kは目を覚ますことはなかった。寝返りを打って、英語で寝言を言っている。

私は足音を立てないように注意して、アパートの部屋を出た。

日が昇る時間まで、まだ二、三時間ある。電車やバスは動いていない。ひっそりと寝静まる街。

川に突き当たった。堤防沿いを歩く。橋は遠い。貨物線用の鉄橋がある。私はこの線路の上を歩いた。

人はどこにもいない。橋桁の下、川面は揺れている。真っ黒だ。薄曇りで星はほとんど見えないが、月はぼんやり見える。

足下に目を移す。川の上に映し出された月がたゆたっている。空にある月は朧気だが、川の月は空より線がしっかりして見える。

鉄橋の真ん中あたり、私は一人ぼっちだった。急に涙が溢れ出てきた。静かに、ただただ流れ出た。傷つけられた動脈から血がどくどくと出ていくように、夥しい量の涙が両眼から出てきた。

声が出ない。涙が出ることは、自分の体に起きていることなのに、他人の体のような感覚になった。

私は寒気がして、布製の薄汚れたショルダーバッグの中に詰め込んであったパーカーを出して身に着けた。

鉄橋の終わり、私は対岸の堤防の上に上がり、天井河の堤の階段のあるところで道路に降りた。

そこからどんな道を通って、自室に戻ってきたのか、よく覚えていない。

ようやく家にたどり着き、ベッドに潜り込み、寝てしまった。ひどく疲れていた。


ウェイトレスの仕事は嫌いではなかった。ほかのスタッフとの関係は比較的うまくいっていたし、何より周囲から頼りにされているという実感がして喜びを感じていた。

Ｋはゼミには参加しないでもいいという教授の承認を得られたようで、ゼミに顔を出すことはなくなった。Ｋは就職活動と卒論に集中している。本命の教員採用試験の準備もしているが、保険をかけて、いくつか会社の内定をもらえるように、会社まわりもしていると聞いた。

私は単位不足のこともあって、学校に通い続けた。並行して就職活動と卒論、そしてアルバイトに精を出した。プライベートの生活は皆無だった。

朝起きて朝食もそこそこに大学の図書館へ直行し、卒業論文を書く。落とした単位を取るために、一日に一つか二つの講義に出る。四年次の取り零し回収は、ボディーブローのように効いてくる。

お昼は学食で食事を摂るが、経済的に苦しいので、安い方の食堂で粗末な定食を食べる。

奨学金という名の借金をして通う学生もいる。学校というところは、食堂でも学費でも、歴然とした《階級意識》を、学生に植えつけてくる。

卒論を書いている時に、全く関係ないそんな些細なことが気になって仕方がなかった。

夕方、早めにアルバイト先のレストランへ向かう。味には定評があり、庶民でも月に一度は来れる店だ。老若男女を問わず人気がある。

テレビなどの取材は一切NG。地元の人しか知らない。「ネットの評判」とやらがなかった時代の、古き良き街角レストランだった。

質実剛健で格式張らないこの店で働いていると、私はホームグラウンドに帰ったような気持ちになれた。

ヴェテランのウェイトレスにとって大事なことは、できた料理をタイミング良くお客様の前に出すことだ。回転とリズム。体がひとりでに動いていく。来客のピークを過ぎると賄いが出た。一日に必要な栄養の大半は賄いで食べる。短い時間で掻き込む。厨房の一角で立って食べた。

就職活動では志望する出版社が通らず、最終的に、ある中堅機械メーカーの営業職として内定がもらえた。たった一つの内定だったが、志望していた職種からほど遠かったので、どうするか悩んでいた。

お正月は帰省したかったが、卒論が遅れていたので自室で執筆に集中することにした。

年末のレストランは、十二月三十一日まで繁忙期であり、手書きの伝票を書きまくる、正に書き入れ時だった。

私は、ランチもディナーも休みなしでシフトを入れたので、体の疲労は溜りに溜っていった。

大晦日の営業が終わると、お正月の食料として余り物を大量にもらって、アパートに引きこもった。

女子大生専用のアパートには、みな帰省し誰もいない。私一人だけが建物の中にいて、論文を書いていた。

都会では、正月ぐらいしか本当の静寂というものを感じない。音のない空間はどこまでも透明な底なしの湖に包み込まれているようだ。そこには建物も田畑もない。この土地の原型のような地形が、巨大な水槽の中に透けて見える。

水の中を落ちていく物体は音を発しない。重力に引き寄せられ、ゆっくり沈んでいく。深い湖を永遠に落下する物体の思いが私の心に響く。

沈んでいくその物体の速度は、誰かが心の中に抱く虚無のイメージに似ている。

地球と月の重力の恩寵《おんちょう》の中にあって、生き物もまた自力でそこにあるかぎり、そこに居続ける。

物質世界の法則に従って、生き物も創造と破壊を繰り返し、更新されていく。

物質の振る舞いには、生き物のような動きをする時がある。

生き物はそれをなぞるように生きている。だが、生き物の場合、創造より破壊の方がちょっぴり勝っている。

個体としては生きたまま死へ近づいていく。そして寿命が尽きると死ぬ。

資料を読む作業はだいたい終わっているが、確認のため重要な部分を読み返す。大筋において間違いではないが、細かな箇所で修正すべき点が見つかる。

お正月が終わると、元の生活に戻る。

日常生活には苦痛もあるが、身を委ねると惰性の中に楽ができる部分がある。

大都会に出てきたばかりの頃の私は、有袋類の母親が持っているような袋状のポケットに、時々隠れるようにして生きていた。

大自然の恵みとともにある暮らしが恋しい。けれども、時たま自然から不意打ちを食らうことがある。

人間も動物も、いつ死んでしまうかわからない。

不安定の中にあって安定を維持する生活を小さい頃から送ってきた私は、生と死の狭間を掻い潜るようにして生きてきたと思う。

締切の日の前日、論文は完成した。フォーマットに従って表紙をつけ、ファイルにして綴じ、事務局に提出した。私はやっと終わったと思った。

しかし、充実した気持ちをすぐさま切り換えて、アルバイトに入った。

ウェイトレスの仕事をする時、私はそれを「天職だ」と思ってやっている。店ではシェフから頼りにされている。遣り甲斐を感じる職場だ。

私は北海道出身者だ。先祖はみな開拓者で言いようのない苦労を経て現在の地位を攫んだ。

父方は会津の人だと聞いている。母方は西日本の出らしいが、どこであるかは事情があって言えないらしい。

開拓者どうしのつながりでお見合いをし、父は大牧場の後を継いだ。村では名士の一人として尊敬されている。

名士というのは人の面倒を見る人のことを言う。困っている人がいたら必ず助ける。それが家訓として代々伝わっている。

兄は父の跡を継ぐために、日々弛まない努力をしている。お見合いをして結婚し、子どもを儲けた。

兄は自分の自由意思など入り込む余地のない人生を歩んでいる。父と行動をともにし、家の事業と一体化していた。

兄は農業大学を卒業し、故郷に戻り、父の下で牧場経営を一から学んだ。父と兄の二人は、農大から派遣されたインターンの学生や外国人実習生など手伝いの人たちを使って、千頭を超える乳牛の世話をしている。

　この地区全体が、将来畜産業を維持できるのかどうかは、兄の世代にかかっている。重い責任を小さい頃から背負わされている。


　ある牛乳会社が戦後最大の危機に陥った時、うちの経営も苦しかったが、「苦しい時こそみな協力し助け合って苦境を乗り越えよう」と祖父が牧場経営の仲間たちの前で演説した。みなも納得し一致団結してことにあたることを誓った。業績が回復し軌道に乗った頃、祖父は他界し、父が跡を継いだ。兄は子どもの時から祖父と父の背中を見て育った。

　男たちは寡黙であった。兄は祖父と父と三人で困難と闘ってきたことを誇りに思っている。言挙げせず、弱音は決して口にしない。

　開拓農民の、感動的だが紋切型のストーリーを讃えつつも、私は同時に女性が決定に参画できない男性中心の論理《ロジック》に対して、敬意を払いつつも、百パーセント受け入れられない自分が心の中にいることを知っていた。

兄は決して口には出さないが、マスコミをひどく毛嫌いしていた。この地区が共同で牛乳を納めていた牛乳会社が、返品などで生じた賞味期限切れの牛乳を、加工品の原料として再利用した。

してはならない不正行為をしたとして、マスコミは食品偽装の事実を暴いた。しかし、その非難はとても一面的で、食品ロスという社会問題はほとんど触れられずに、不正行為を行った牛乳会社ばかりをバッシングした。

その結果、会社の経営は著しく悪化して、契約牧場の私たちもかつてない苦境に追い込まれたのだ。

マスコミを心の底では憎んでいたが、しかし、再起を期す時、マスコミを使ってアピールをしなければならないため、誰もマスコミを悪く言う者はいない。

マスコミは外国資本に牛耳られていて、乳産品の輸入拡大へ導くため、日本の生産者をことあるごとに攻撃すると主張する者もいたが……。

一面的な「正義」からのみ報道するマスコミの姿勢に対して、そうではない見方もあるってことを世に知らしめること。その目的のため、私は編集者を志した。

私はそのことを出版社の面接で訴えたかったが、二次面接の担当者が醸し出す雰囲気に呑まれて、私の個人的な思いを伝えられなかった。
結果は案の定というか、不採用の通知が届いて終わった。

卒業論文は、教授が読み、その後教授との口頭試問があり、パスし、無事卒業が決まった。

「『ライ麦』には、現代社会の豊かさが生み出す〝空虚〟に抗う若者が描かれている。その幼稚さゆえの危うさ、そこから現れ出る突発的な暴力への衝動を主人公に見出す読者もいる。大人社会が作り出した『悪』に立ち向かって果敢に挑戦する純粋で誠実な『正義』には、単純で未熟なひ弱さがつきまとう。それには誤解されやすい性質があるが、そこにこの作品の特筆すべき魅力が潜んでいる」

卒論の口頭試問で、私は教授から、少年の「正義」の危うさについて聞かれた。ジョン・レノンが暗殺された後だったが、私は十分な認識がなかった。

一九八〇年、ジョン・レノンを暗殺したマーク・チャップマンが、『ライ麦』の愛読者であったことが明らかになり、サリンジャーはたいへん苦しんだと言われる。

認知の歪みを生じさせやすい人間が抱く、ある種の幼児性とテロリズムは、表と裏の関係にあるのかもしれない。

教授がいつだったか言及していた「説得力」とは、サリンジャーの戦争体験だとわかるが、当時はまだその正体が何であるか、ピンと来なかった。今なら、その「説得力」を要求する男たちの論理《ロジック》もよく見えている。

ただ、教授は、口頭試問の途中から、サリンジャーの主題から外れに外れて、『ライ麦畑の捕手』とともに、『ハックルベリーフィンの冒険』が州によっては、禁書扱いになっていると憤慨し始めた。

論文とは関係ない話を延々と聞かされ、私の卒論に関わる口頭試問は、ようやく終わった。


卒業式の日、私は就活用のスーツを着て一人で出席した。夜、母から電話があり、心から喜んでくれた。高卒の母にとって、四年制大学を卒業することは、夢だったという。母の世代にあって、英文科卒の才女は憧れの的なのだ。

出版社の入社試験に落ちたことは、正直納得がいかなかった。

こんなことなら、北海道の中学校か高校で教員になるべく、教員免許を取っておくべきだった。

そうでなければ、お見合いをして牧場経営者の息子と結婚する、という選択肢もあった（私には荒唐無稽に思えるが……）。

しかし、出版の仕事をしたいという気持ちは、むしろ落とされた後に高まっていった。


結局、卒業後もレストランでウェイトレスのアルバイトを続けることにした。私の「決意」を聞いた後、オーナーシェフのミスタ洪《ホン》は満面の笑みで、私の小さな手をグローブのような大きな手で、強く握ってくれた。

それは光栄であると同時に、心の奥底から込み上げてくるものを感じた。シェフの助手をしている矢吹君も、嬉しそうに下を向きながら笑っていた。

時間は再びあっと言う間に過ぎていく。一年後の解禁日が過ぎ、私は同じ出版社へもう一度エントリーした。


あれから三十年、いくつか働き場所は変わったが、私は出版業界で仕事を続けた。仕事熱心であるあまり、結婚と出産の機会を逸してしまった。

その間、素晴らしい本の編集の仕事に携わることができ、自分なりに満足している。

ただ、日本の農政と畜産業の問題については、避けて通ってきたわけではないが、マスメディアのあり方に風穴を開けるような仕事はまだできていない。日本の農政は、乳業も米作も、根本から変わらないといけない。その思いは変わっていない。

食料輸入が途絶えたら、数百万あるいはそれ以上の人々が餓死してもおかしくない。本当はひどいことになっている（一部だが、農地の沙漠化が進んでいる）。他人事じゃなく自分事として捉えてほしい。

私は編集の仕事を通じて、この国の人々とこの社会にとっての「正義」とは何か、という問いを持ち続けてきた。

大人になって、「正義」は一つではないと考えられるようになった。また「正義」は、刻々と移り変わるものでもある。

若かりし頃、アメリカ文学ゼミに在籍していた私は、「正義」とは何かについて手探りで考えていたのだと思う。

サリンジャーが、『ライ麦』で描きたかったこととは、何だろう。大人になると、日々の生活に安住してしまい、知らぬ間に、大人たちの偏見や不寛容な精神に染まってしまう。

心の中に子どもの目を持ち続け、ふと立ち止まって、子どもの目でこの世界を見つめてみれば、何か新しい発見や解決策が見つかるかもしれない。

いつもどこかで、ホールデン・コールフィールドのように、子どもの目で見ることを忘れないで、それを試してみようと思う。そうすれば、変わっていくものの中に、変わらない何か大切なものを見出せるのかもしれない。

マーガレットお婆さん

朝起きる前、わたしの身に何が起きているのかわからず、その答を出そうとして殺虫剤を噴きつけられた虫のようにもがいていた。

夢の中、わたしは沈没し、墜落し、衝突し、何度も死んだのだった。うっすら覚えていることは、不慮の事故を繰り返し死んだということ。残りはすぐに忘却の壺に吸い込まれていった。

わたしの体は若かった。体中から自信が溢れ漲《みなぎ》っていた。二十代後半で結婚し、結婚生活が想像していたものとはまるで違うことがわかった。男は実力がないのに権威主義を生活のすみずみまで押し通そうとした。破綻するのは目に見えていた。

わたしは幻滅した。耐えられなくなった。そしてわたしから離婚を切り出した。条件なし。離婚したい。それだけ。

なぜ背伸びして権威を振りかざしたがるのか。しかもどうでもいい細かいことにうるさい。そこが感覚的についていけなかった。自然体でいいじゃないか。家事はどちらかが空いている時間にやればいい。完璧にできなくても全然かまわない。二人とも仕事で忙しい。

男は「そういうのが厭なんだ」と幼稚園児が駄々を捏ねる時のように、呻き声と涙声が半分ずつ混ざったような声で言った。

「だったら自分でやれよ」と突き放すように言い返したら、一瞬暴力的な眼でわたしを睨み、うなだれてしばらく黙り、弱い犬が強い犬に吠えるように言った。

「分担は分担だ。自分のやるべきことはきちんとやってくれと言っているんだ」と。

その後、脅し文句のつもりなのか、低い声でむにゃむにゃと呪文を唱え続けた。

言い合いは時間の無駄だ。わたしはさっさとアパートを見つけ、引っ越し業者に依頼して荷物を移動させた。休みの日に全部一人でやった。

離婚協議は専門の有能な弁護士に任せっきりだったが、弁護士どうしの話し合いでケリはついた。離婚成立。費用はそれなりに要したが、思いのほか早く終わった。

子どもがいなかったのが幸いだったのか。子どもがいたらスムーズに離婚できなかったのか。子どもを鎹《かすがい》にするなんてひどい考え方だ。子どもは減り離婚は増える。この国の男たちが思考と行動を根本的に改めないかぎり、少子化大臣がどんなに金切り声を上げても何も変わらない。

しかし、一番効いたのは母の涙混じりの言葉だった。離婚について母には事後報告の形となった。

「家族に何の相談もなしに離婚するなんてありえません。そんなささいなことが別れる理由になるものなの？　ああ、なんて罰当たりなことをしてくれたの」

母が元配偶者の両親のことをあそこまで気づかっているとは思ってもみなかった。結婚は家と家の関係の上に成り立つものだ、と考えるのが父母の世代だった。わたしたちの世代は封建社会の論理《ロジック》によって、まだまだ縛られていた。

結婚より離婚の方が人と人の間に得体の知れないさざ波が立つ。母の繰り言から親世代が気にしてやまない「世間体」とは何なのか、その正体がだんだん見えてきた。

とりわけ妻の側が切り出した離婚の場合、その因果応報によって引き起こされる禍は子々孫々にまで及ぶという。嫁は子を産んで育て、死んだら先祖と義父母と夫といっしょの墓に入る。先祖代々の墓を守ることが家が家であることの存在証明なのだ。
「本当に申し訳ないことをした」母は仏壇の前で頭を下げ合掌し念仏を繰り返した。

わたしは新興家電メーカーの宣伝部に所属し、新しい技術によって開発された高機能商品を消費者に知ってもらうためコマーシャル制作に全精力を傾けていた。ところが、アパート探しや引っ越しのことで多忙を極めていたその時期に、下請け制作会社の若手クリエーターが致命的なミスをした。わたしは間違いがないようにと、書類でも打ち合わせでもくどいくらい念押ししておいたにもかかわらず、だ。

問題はその後だ。ミスをしたクリエーターが大手広告代理店の幹部の息子だったため、「詰めが甘いんだよ」の一言で、会社は何の落ち度もないわたしにすべての責任を押しつけてきた。

わたしは上司に食い下がったが、それがいけなかった。わたしは組織の中で《丁重に》干され、結局退職せざるを得なくなった。私物をまとめ社屋を後にする時、それ見たことかと後ろ指を差されているような気がした。

わたしはその時、三十代前半だった。仕事と結婚に失敗したが、まだまだ巻き返せると信じていた。次の仕事を探さないといけなかったが、しばらくなら収入がなくてもやっていけそうな貯金があった。わたしは思い切って長期の海外旅行をすることに決めた。

わたしが向かったのは南の国だ。ビーチが近くにあったが、海に一人で行くのは気が引けた。かつて日本でバタバタと呼ばれたオート三輪に乗って目ぼしい観光地を一巡りした後、暑熱が籠もる街の中心から離れた長期滞在者向けのホテルに落ち着いた。燦々と太陽光が降り注ぐ観光スポットを歩きまわるより、古風な煉瓦造りの建物の日蔭でのんびりしたかった。

ホテルの格よりやや大きめに見えるエントランスを中に入ると広々としたロビーがあり、そこには籐製のソファが置かれ、客は中庭の噴水を眺めながら時間を気にすることもなくのどかな休日を過ごすのであった。

気が向けば中庭にあるプールで泳ぐこともできたが、風通しが良くて冷房なしでも涼しく過ごせる建物の中にいる方を好む年長者が多くいた。英語の新聞や雑誌を読み、有料だが安いソフトドリンクを飲み、家族や友人、あるいはほかの客たちと気の置けない会話を楽しんでいた。

ある日、とても気さくで品がいいスコットランド人の親子に出逢った。親子と言ってもお婆さんと四十代の娘さん。最初は食堂で会釈する程度だったが、ラウンジで寛いでいたら、杖を突いて歩いてきたお婆さんの方からわたしに話しかけてきた。

「こちらいいかしら。こんにちは。あなたどちらから来たの?」みたいな会話から始まった。外国人にとって聞き取りやすい、ゆったりした英国式の英語を喋るご婦人だった。名前はマーガレット。上品な話し方なので貴族か何かの出かと思ったが、話をしているうちに、労働者階級だがいくぶん余裕のある中流の人だとわかった。

その時、わたしは初対面のお婆さんに、結婚に失敗したこと、仕事上のトラブルで不当に会社を辞めさせられたことなど、決して上手ではない中学生並みの英語で一気に話した。

お婆さんはわたしの味方になって話をよく聞いてくれた。両親でさえこんなに親身になって話を聞いてくれたことはなかった。話をして楽になった。そして自分は間違っていないことを確信した。

お婆さんは「今度はわたしの番ね」とばかりに自分の話を始めた。わたしより少し年上に見えた娘の方はもうそばにはいなかった。


「わたしの家は父と母が小さな雑貨屋を営んでいたの。わたしが中学生の時、病弱の兄が亡くなって家族はとても悲しい思いをした。高校生の時、バスの中である大人の男性に出逢ったの。彼はわたしに一目惚れした。彼の名はヘンリーというのだけど、とてもたくましくハンサムで優しかったから、わたしもヘンリーが大好きになったわ」

お婆さんは話し続けた。

「二人は恋に落ちたのね。わたしは初恋に夢中になったの。高校を卒業したら結婚しようって言ってくれた。貧しい時代で暮らしに必要なものは思うように揃わなかった。でも、二人の気持ちが通い合っていることが何より大切だった。両親はすんなり認めてくれなかったけど、ヘンリーの熱意にほだされて結婚を許してくれた。父は彼に一つだけ条件を課したの。日曜日に必ず教会へ行くこと。ヘンリーは同意したわ。同じ教会へ行けば週に一度必ず会える。それで娘が幸せかどうか確認できるって」

お婆さんには子どもが三人いた。長女のアンを産んだのが二十歳の時。二十二歳になって長男チャールズが生まれ、末娘になる次女エリザベスを産んだのは二十七歳の時だった。

「あれ、さっきまでいたのにリズがいないわ」お婆さんはあたりを探したが、末娘の姿は見当たらず、少し慌てた顔をして見せた。リズさんはロビーの反対側の空間で、一人本を読んでいた。


「三人の子は大学に行かなかったけど、三人ともどこに出しても恥ずかしくない一人前の大人になった。夫のヘンリーは一家を支えるため、配管工として朝から夕まで勤勉に働いたわ。腕のいい職人だったから、注文は途切れることがなかった。そして毎日曜日必ず家族五人で教会へ行った。両親はわたしたちの幸せな姿を見て神に感謝した。この人と結婚して良かったと思ったわ」

父であるヘンリーは休みの日に子どもたち三人をクルマに乗せて、よくピクニックへ連れていってくれた。お婆さんはサンドウィッチとフルーツのお弁当を作り、魔法瓶の水筒に温かいスープを入れて、それらをバスケットに納め持っていった。

「お茶の時間、ヘンリーはお湯を沸かして、炭鉱労働者のやり方でお茶を入れてくれたわ。ポットを直接火にかけて、その中に安価な紅茶を入れて煮るのね。お上品じゃなかったけど、『昔の人の苦労を思い出すことが大事だよ』って、子どもたちのカップに紅茶を注ぎながら言うのね」

「ヘンリーはある日、樅の樹の苗木を手に入れて、家の庭の一番目立つところに植えたの。毎年クリスマスになると家族五人で飾りをつけるの」

お婆さんは幸せだった時の思い出に浸って、一頻《ひとしき》りうっとりしていた。

中庭に植えられた中位の背丈の樹木に、スズメより小さな黒い鳥の集団がやってきて、枝に止まってはその位置を順番に変えていった。

一羽だけ追っていくと一本の樹木の枝をぐるぐるまわっているように見え、群れとして見ると、一つの鳥の塊がその樹木に止まっているように見えた。

ところが次の瞬間、一羽、二羽、三羽と隣の樹木へ移ると、残りの鳥も次々と移動していった。

「ううん」とマーガレットお婆さんは溜息をついた。

「主人はアルコールが玉に疵の人だったの。居酒屋《パブ》は男たちの社交場なのね。そこでヘンリーはスタウトをしこたま飲んで、大きな画面に映し出されたサッカーの試合を仲間たちとともに観るの。お酒を飲むと生きていることを実感できるみたい」

お婆さんは、子どもたちが就職して家を出たタイミングで、家主だった主人の伯父が亡くなり、遺言で家の所有権を譲ってもらったこと、そしてそれは子どもたちを育て上げたわたしたちへの神様からのご褒美に思えたと語った。

二人の生活に戻ると、夫の酒量が増え、家で大酒を飲んでサッカー観戦し、テレビの前で大声を張り上げるようになったという。たまに飲みに出かけると、酔っぱらってケンカすることもあった。

「警察からの電話でわたしが夫を迎えに行くと、『ちょっとした路上のいざこざが喧嘩になって、どちらが先かわからないが暴力を振るった。幸い双方とも軽傷で済み、身元引受人が来てくれたから、今回は厳重注意処分で済ます。だからこの書類にサインして帰ってくれ』と警察官が言うの。以来外飲みは我が家では禁止したの」

「もう夕方だ」わたしは自分に日本語で呟いた。日没の準備を始めた太陽は黄色と橙色の中間色の背景を照らし出している。

「リズィ」とマーガレットお婆さんは若い母親が小さな子を呼びつけるような口調で言った。

「さっきまで見えるところにいると思っていたのに、どこへ行ったのかしら」

お婆さんはわたしの方に向き直って、「しょうがないわねえ」という表情をして、話を続けた。

「リズはエジンバラに住んでいるの。クルマで二時間くらいのところ。上の姉と息子はロンドンにいるの。エジンバラより遠いわね」

「リズはちょっと変わった趣味の持ち主で、子どもの頃から、ヴィクトリア時代の壊れた食器とかガラクタを集めるのが好きだった。今はエジンバラの骨董品を扱うお店で働いているの。その道のプロとして骨董品を扱えるようになったら独立するつもりのよう。わりと近くに実の子がいるって、年寄りになると心強いのよね」

「リズが高校を卒業してエジンバラに向かう日、わたしは耳元で囁いたわ。『どうしても我慢できないことがあったら、いつでも帰ってきていいんだからね』と。リズは小さな声で『うん』と頷いたの」そう言うとマーガレットお婆さんは少し涙ぐんでしまった。

彼女はその後の夫の様子を語り続けた。仕事でうまくいかないことがあったらしい。そのことがきっかけとなって、夫はさらに酒量が増え、家の中で暴れるようになり、ついにはお婆さんに暴力を振るうようになったという。働かなくなった夫の代わりに、お婆さんがパートに出て昼も夜も働いたそうだ。教会へは足が遠のき、とうとう行かなくなった。

「昼間は工場の軽作業……プラスチックの部品を有機溶剤でくっつけるの。夜はレストランで皿洗いしてたのよ」

夕焼けの太陽光線に照らされホテルの中庭の色調は刻一刻変わっていった。初めは明るい黄色や橙、次に全体として黄色を帯びた橙、そして赤や朱色などの色に、壁面が次々と染め上げられていく。最後赤みが一瞬増したかと思うと夕陽はみるみるうちに沈んでしまった。空は星が瞬く夜になった。

「最初はお酒さえ切らさなければ大丈夫そうだったんだけど……わたしは二つもパートをかけ持ちしてたんで、眠そうにすると話を聞いてないと言って、わたしを引っ叩くの」

夫は酒がなくなると妻の頬を平手で打った。次第にエスカレートして、ボクサーがサンドバッグを打つように、拳骨でお婆さんのお腹を幾度も殴打して気を失わせた。

マーガレットお婆さんは酒を切らしてはいけないと思いフラフラになるまで働いて、わずかなパート代でお酒を買って家に帰る生活を二年くらい続けた。

「重いスタウトの瓶を若くて親切な店員さんにクルマまで運んでもらえた時は本当に嬉しかったわ」

お婆さんは親切にしてもらったことを思い出してちょっぴり笑顔を見せた。

お婆さんは自分が真に献身的と言えるのか自問自答した。暴力で脅されているとはいえ、夫の求めに応じてアルコールを与え続けることを疑問に思った。

しかし、夫は家の中のあらゆるものを片っ端から壊し、家中滅茶苦茶にした挙げ句、家の外へ飛び出して野獣のように大声で叫ぶのであった。

「耐えかねた隣人が警察を呼んで、夫は警察に連れていかれたの。その日の晩は留置場で過ごしたわ。わたしは隣近所に謝りに行った。最初同情的だった周りの人たちは、狂気に取り憑かれた老人を気味悪く思うようになった。視線が恐かった。噂話が聞こえて、惨めで屈辱的な気持ちになった。街を出る覚悟をしたわ」

マーガレットお婆さんは悲痛な過去を思い出し、しばらく声が出なくなった。体中が小刻みに震えていた。わたしはマーガレットさんを抱き締めてあげた。


夫はその後も妻への暴力を続け、とうとう足の骨を折る大ケガを妻に負わせた。警察が駆けつけると、夫は精神病院に強制入院させられた。

「病院でね、医者の説明を聞いて、夫は単なるアル中じゃないってやっとわかったの。脳神経に異常が生じている、だから異常な行動を度々繰り返すようになったって……」

「夫は長期入院。そして、情けないわね、わたしは杖がないと歩けない体になって、家事以外はずっと座って過ごすようになった。一方、断酒に成功した夫は、生まれ変わったような顔をして家に戻って来たの。戻ってから二、三ヶ月夫は芝刈りをしたり植木の手入れをしたりしてたのね。わたしはとても嬉しくて神様に感謝したわ」

　お婆さんの幸せな生活は長くは続かなかった。夫が毎年クリスマスに飾りをつけていた樅の樹が突然枯れた。夫は枯れた樹にすがっておいおい泣いた。そしてある日、夫はテレビを見ていた時に、アルコールを飲むことを思い出した。


「ヘンリーはまたお酒を買ってくるようにわたしに言ったの。わたしは断ったけど暴力で脅されたから仕方がなかったわ。なけなしのおカネをはたいて小瓶に入った安ウイスキーを五、六本買ってきたわ」

「その頃わたしは不自由な体になって思うように動けなくなっていたのね。もう働けないから家計は火の車だし精神的にも限界だった。どうしようもない袋小路に落ちたわたしは、友達にどうしたらいいか聞いたのね。すると『市役所に行けば相談に乗ってくれるのではないか』と言われた。市のソーシャルワーカーが訪ねてきて事情を説明すると、その職員は夫を説得し、アルコール依存症の治療をしてくれる精神障碍者向けの老人施設に入れてくれたの」

「背負い切れない荷物は無理して背負わなくていいのよ。そういう時は助けを求めていいの。誰かに『助けて』って声に出して言うことが大切なのよ」

お婆さんは、その職員の言葉を聞いて気持ちが楽になった。そして自分でできることはちゃんとしようと思った。

夫は施設の中で二度と酒を飲むことはなかった。マーガレットお婆さんは夫の敗残者のような姿を見て、力なき夫にとって擦れ違う屈強な男はすべてが悪魔のような存在に見えるのかもしれないと思った。

「週に二、三度は夫に会うために施設に向かった。タクシー代がかかったけど……。ある日の朝から夫は完全に絶望し起き上がれなくなった。そして他者に対して従順になったの。でも、それは衰弱の始まりだったのね。夫の体は自分の意志によって動かなくなった。自力でトイレに行けない体になった」

夫が家には戻れない施設の人になったため、マーガレットお婆さんは住んでいる家のただ一人の住人になった。

「まず部屋をきれいに掃除したの。定期預金と保険を解約し壊れた家具を新調したわ。お手頃価格の品物だったけど壊れたままよりずっと良かった。別の家のようになるまで模様替えをしたの」

「でも、わたし不自由な体だから、無理すると途端にどこかに痛みが出てくるのね。疲れ果ててしばらく寝込んでしまったこともある。その間、施設の夫は憔悴しきって食事を摂らなくなったの。わたしは体の具合が悪かったけど、毎日お食事を作って施設へ持参することにしたの」

お婆さんは記憶をたどって、当時のことを思い描いているようだった。

「わたしが作った食事なら夫は口にするのだけど、施設が提供する食事には一切手をつけなくなった。買い物に行くのも足が不自由だから、やすやすとできることではなかった。ヘルパーさんに物置から出してもらった乳母車を頼りに歩いて、市場へ行くの。食材を買い込んで家でお食事を作る。毎日朝昼晩三食分作るのね」

「夫の体は徐々に衰弱していったけど、施設のスタッフがクルマで通勤する道すがら、わたしの家の前でピックアップしてくれたの。わたしが作った食事を毎日施設に届けられるようになった。夫は美味しそうに食べてくれたわ。嬉しかった」

「夫はわたしの手作りのお食事の甲斐もあってか一時的に回復の兆しを見せたけど、体の衰弱は体の内部で徐々に進行していったわ。そして食事を届けお昼をいっしょに食べた翌日の朝、陽が昇らぬ前に、誰にも看取られることなく帰らぬ人となったの。わたしは死に目に会えなかった」

「三人の子どもたちと、それからお友達の何人かが協力してくれて、無事教会でお葬式ができたの……」

マーガレットお婆さんの目は虚ろになった。俯いて喋るのをやめた。でも深い息をして話を続けようとした。

いつのまにか娘のエリザベスが隣に座っていた。

「もう遅いから部屋に戻りましょう」と母親を促し、二人は部屋へ戻っていった。

真夜中、眠れない。部屋の外へ出るとマーガレットお婆さんがぽつんとソファに座っていた。

「怖くて眠れない」と訴えかけてきた。

「大丈夫よ、マーガレットさん、わたしがそばについていてあげるわ」

「ありがとう」と言って、お婆さんは手を震わせながら煙草に火を点けた。

「いつもは吸わないんだけど、眠れない時だけ煙草を吸うの。娘には言わないでね」

煙草の煙が火の点いた煙草の先から出ていく。薄青紫の煙が夜の風のない空間を漂っている。

「夫が亡くなってから、空っぽの状態のまま、時間が過ぎていったわ。ずっと家の中にいるものだから、エリザベスが心配して旅行に連れ出してくれたの」

「リズが掘り出し物を見つけ、それをオークションに出したら、ちょっとした『大金』が手に入ったの。宝籤《くじ》が当たったみたいなものね。神様に感謝しているわ。神様はずっと見捨てないで見ていて下さったのね」

「上の娘のアンに娘がいてね——わたしの孫ジェーンっていうのだけど——美大に通っているのね。最初は芸術家志望だったけど、今は美術教師になりたいって。人生は安全な道のりの方がきっといいと思う」

お婆さんは孫の話をする時、眼が輝いていた。

「上げ膳据え膳、洗濯もベッドメイキングもしなくていいの。ここは天国だわ。長い間のあの苦労は何だったんだろうって、心からそう思えたわ」とお婆さんは過去を現在と比べて述懐した。

「マーガレットさん、わたし、気になっているの。聞いたら悪いことかもしれないけど、どうして暴力を振るう夫と別れなかったの？」

「そうね、どうしてかしらね。ひどい仕打ちをされて、我慢できないくらい体を痛めつけられたけど、一度も離婚しようと思わなかったわ」

「それはそういうふうに信じ込まされていたからじゃないの？」

「いいえ、そんなことはないわ」

思慮深いマーガレットお婆さんはしばらく黙って真夜中の廊下の中空を見つめていた。

「そうね、ヘンリーの面倒を見ることは、わたしにとって至極当然なことだったと思う。何の躊躇もなかった……だって、わたしは夫以外の人を愛したことがなかったから」

「あんなにひどい暴力を振るわれたのに一度も憎いって思わなかったの？」

お婆さんは一息おいて話し続けた。

「ヘンリーは過度のアルコール摂取が原因で神経を病んでしまったの。それで暴れるようになった。わたしが憎くて暴力を振るったわけではない。近所の人たちが悪い噂をして、わたしは本当に辛い時期があったけど、わたしは神経科の医師の説明を聞いて、ヘンリーの病気が何なのかがわかって、心からホッとした気持ちになれたわ」

マーガレットお婆さんは杖と椅子の肘掛に左右の手をかけてすっくと立ち上がった。

「二人の幸せな時間は忘れられないものよ。おやすみなさい」

二十年以上前のお婆さんの話を思い出したのはどうしてなんだろう。虫の知らせで亡くなったことを伝えてくれたのかもしれない。

思いの丈を語ったら人はそんなに長くは生きられないと言うけど、あのお婆さんはあれから静かで幸せな時間を過ごしたんじゃないかと思う。

別れ際の凜々しい笑顔が無性に可愛いかった。

ある消防士の死

「何で行ったの?」わたしは最後の見送りの時、そう父に問いかけた。

「若い者に行かせられないっていってね、言ってたよね、お父さん」と父の代わりに母が答えた。首相からの強い要請に基づいて発せられた出動の指令が下りるやいなや、父は仲間とともにグスコーブドリのように現場へ向かって走っていった。

それが何を意味するのか、後々自分の身に何が起きるのか、隊員一人一人がわかっていたはずだ。乗り馴れたポンプ車に乗って、一目散に遠路を駆けていった。

「火事があれば何も考えずに向かっていく人。性分だからしょうがない」母は時々繰り言のような独り言を周囲には聞こえないか細い声で言うのだった。それは自分に言い聞かせているのか、一種の諦めなのか、わからなかった。母の言葉の本当の意味がわかったのは父の出棺に際しての時だった。

ホテル火災の時、父はまだ若かった。

父はボンベを担ぎ隊長に随伴してビルディングの中へ入っていった。石油製品の内装材が激しく燃えている。あっと言う間に火元から火災が拡がっていく。

火炎は酸素を求め部屋から噴き出し、廊下に熱風の嵐を巻き起こし、消防隊員に迫ってくる。扉を開けると激しい火の手に襲われる。父は炎の中へ勇猛果敢に飛び込んでいった。

消防隊員たちはバックドラフトと呼ばれる爆発的な勢いのある火炎をかわし、後じさりせずに火元へ立ち向かう。要救護者を探し、同時に消火活動を行った。

わたしはまだ生まれていなかった。この話は母から聞かされた。

逃げ遅れた人が窓の外から飛び降りている。「急げ！」隊長が叫ぶ。火の勢いがさらに激しくなる。防火服を通して、高熱がじかに伝わってくる。前へ進めない。

「あの火災は人災だ」と父は年月を経てから呟いた。「スプリンクラーが作動し、防火扉が機能し、適切な避難誘導ができていれば大惨事は防げたはずだ。社長の儲け優先が過ちの連鎖を生んだ」

母は結婚したばかりだったので、気が動転していてもたってもいられず、消火活動に当たる父の無事を祈って、夜通しお稲荷さんに御百度のお参りに行ったそうだ。

しかし、父は母にこう言って頼んだという。

「ご近所さんが余計な心配をするといけないから、何度もお参りするのはやめておくれ」

その後母は御百度をやめてしまった。

消防の現場で働く父の姿をわたしは見たことはなく、わたしは父のことを何も知らないに等しい。男は余計なことは言わない、家に仕事の話は持ち込まない、といった暗黙の約束事が男たちの間にあったせいか、家族にとって父の存在は謎であり、ブラックボックスの中にあった。

どうして母は父と結婚したんだろう？　わたしは不思議に思った。お嬢様育ちの、どちらかというとおっとりした性格の、気立てのいい母のことだから、もっと相応しい人がいたとしてもおかしくない。娘の目から見て消防士の妻には向いてない。

大人になってから、母が父と結婚した理由についてさりげなく聞いてみた。

「どうしてかな。ほかに好きな人がいなかったからかなあ……」母は惚けるつもりはないが、これといった言葉が見つからないようだった。

二人は高校生の時からつきあっていた。しかし母は父の就職先が決まって、どうしてもそれが受け入れられなくて、逡巡し結局別れた。

その後二人は同窓会で再会し、二次会の後、父が猛アタックして母は縒りを戻した。母は父の仕事が大嫌いだったのに、二十歳の時なぜか父と結婚した。母から聞いた切れ切れの話を繋ぎあわせるとこんなふうになる。


結婚して三年経ったがなかなか子どもができなかった。父は「自然が一番」という信念があり、医療に頼るつもりはなかった。そして結婚から四年目、ようやくのことで子を授かり、わたしが生まれた。

母は十代の頃から婦人病を患っていた。父には黙って産婦人科に通っていた。婦人病の治療と〝妊活〟の繰り返し。二十代前半の母にとって、それは一番辛い時期だったのかもしれない。

幼少の時、小学校に上がる前だったと思うが、父が運転する自転車の後ろに乗せられ、新しくできたホームセンターへ買い物に行った。日曜大工に必要な工具を買いに行くためだった。

途中、出会いがしらに交通事故に遭った。

「止まれ」の標識があるのに一時停止を怠ったクルマがスピードを出したまま突然飛び出してきた。父とわたしが乗った自転車は横倒しにされ、前輪は大きくひん曲がってしまった。わたしは路上に投げ出され、地面に落ちた時、顔と腕にケガをした。

父は救急車を呼ばなかった。父はタオルを歯で引き裂いて腕の疵《きず》の止血をした後、わたしを負ぶって全速力で走り、病院に駆け込んだ。どこに外科病院があるかはよく知っていた。診断後、腕は骨折していなかったが、パクリと裂けた皮膚の疵を七針ほど縫った。顔はかすり傷程度だった。

「幸い頭は打ってないようですね。検査の結果は問題ないようです」

何かしら障害が残らないか、傷痕が残らないか、父は心配のあまり若い外科医に詰め寄って問い質したが、医師は「傷痕が目立たないように最善を尽くしましたが、現時点では何とも言えません」と答えるのみだった。

その時医師の話し方が冷たく突き放すような事務的な言い方だったと、急いで駆けつけてきてくれた母から聞いた。

相手がどんな人物か、医師は職業柄わかるものなのかもしれない。プロがプロに説明する時の話し方があるのであろう。相手によって話し方を変えている可能性もある。

医師の話し方に瑕疵があったというわけではないが、当事者になってみると、それが心臓に錐《きり》で穴を開けられるかのように辛いものだと知った。以来父は自分の話し方を変え、言葉遣いに細心の注意を払うようになった。

緊急の際少しでも早く助けようとして荒っぽい言い方になってしまうこともあるが、どんなに急いでいても荒れた言葉遣いは人の心を傷つけるから、できるだけそうしないように努めることにした。

小学校四年生の時、他校から転校してきた新参者のわたしはクラスで孤立し、男子たちから執拗な虐めを受けたことがあった。わたしは長い間黙っていたが、服がところどころ泥で汚れ、ランドセルの中の教科書がズタズタにされているのを見て、母が父に相談した。

意を決した父は非番の日に消防署の儀礼用の制服を着、胸には「米倉甚一」の名が刻まれたネームプレートをつけ、わたしの通う小学校へ向かった。そして校長室で校長と直談判した。父は自らの職業の都合により、都内を転々とせざるを得ないこと、娘が転校するのはやむを得ない事情があること、人として虐めは決して許されないことを切々と訴えた。

ふだん無口な性格だったが、その時は違った。ここは言うべきだと心に決めたら必ず声に出して相手にはっきり伝える。

父の言葉は丁寧であったが、物怖じせず、理路整然として迫力があり、同時に誠実さが感じられたという（同席したある先生が後で母にそう伝えたそうだ）。

校長はわたしの「虐め問題につき誠心誠意対策を講じる」と約束してくれた。その日からわたしへの虐めはなくなったが、その学校で友達は一人もできなかった。

中学に上がるとわたしはどうも反抗期であったらしく、しばらくの間両親と話らしい話もせず関係がギクシャクしていた。

ある日理科の実験が終わった後、休み時間に隣に座っていた「親切な友達」という意味の自称〝親友〟がこう言った。

「世界中のいいものを集めて、日本の消費者に紹介するバイヤーになるの」と唐突に自分の夢を語り始めた。

「バイヤーって何？」

「商品を買いつける人のこと。これぞという商品を探し歩いて、見つけた逸品を買ってきて、日本のデパートとかで売るの」

「ふうん、バイヤーになるにはどうしたらいいの？」と続けて質問すると、その子はそれまでやや上から目線でものを言っていたが、今度は自信なさげにこう言った。

「バイヤーになるには……正直わからないわ。お父さんに聞いたら、外国で仕事をするなら、外国語を学んだらどうかなって……」

「それから商品知識をたっぷり身につけないとダメだよねって。世界中から選りすぐりのものを集めるんなら、何がいいもので何がよくないものなのか目利きができないとバイヤーになれないだろうって」

自称〝親友〟の言葉はなぜか他人のことなのに自分のことのように響いた。そして鍋の底の泡がプクプクと浮かび上がるように、わたしの「目標」が見えてきた。「高校は私立に行きたい。だから塾へ行きたい」と母にわたしの希望を伝えたら「わかった。お父さんに話してみるね」と答えてくれた。

「勉強熱心なのはいいことだ」と父は母に言い、家族はわたしを応援してくれることになった。わたしは塾に通って遅れていた分を取り返し、上位の学校が狙えるくらいの成績が取れるようになった。


わたしが風邪をひいて家で休んでいた日、ニューヨークの超高層ビルに旅客機が突っ込んでいく映像がテレビ画面に映し出された。そして一目散にあのビルへ向かっていく消防士たちがいた。

航空用燃料が高層ビルの中で燃えている。鋼鉄をも溶かす高熱の炎を消すために、そして何より人命を救うために、ニューヨークの消防士たちは己れの命を顧みず階段を駆け上がっていった。

誰もが予期しないビルの崩壊。ツインタワーが次々に崩れ落ちていった。夜勤を終えて帰宅した父が、そのテレビニュースを食い入るように見ていた。

わたしに接している時とは全く別の顔をしていた。父の鬼気迫るその時の形相をわたしは今もはっきり覚えている。

「あれは決して他人事ではないんだ」と父は覚悟を決めて職を全うする者の言葉で、中学三年生のわたしに語った。

わたしは一人っ子で両親に大切に育てられ、希望通り四年制の大学へ行かせてもらえた。

高校の推薦で中堅の私立大学へ入れた。受験がなかったので受験生のクラスメートより精神的に追い込まれなくて済んだ。

大学ではフランス語を学んだ。テニスの愛好会に所属し、冬はスキー学校に行った。父の存在感が一番あった時期だったせいか、男の子の友達はいたが恋人はいなかった。

卒業後、念願の商社に就職。大手ではなかったが、有望視される分野への投資に熱心で、ベンチャー企業をいくつも立ち上げていた。

父は高校卒業後、よりにもよって危険な現場で奮闘する消防士になった。同じ公務員でも市役所勤務を望んでいた父の両親は面白く思わなかったそうだ。実の親に自分の仕事を認めてもらえないことはさぞ心苦しかったであろう。

訓練の日父は両親を呼んで、勤務する消防署へ来てもらい、その堂々たる姿を見せたそうだ。我が子が体全体をキビキビと動かして、予期できない任務のため、日々厳しい訓練に励んでいる。公務に当たる我が子の立派な働きぶりを見て、父の両親はいたく感動し、納得してくれたそうだ。その時から、父の職業に対する祖父母の考えは変わったという。

祖父母が父の雄姿を見て考え方を改めたように、わたしも小学校の二年生の時、母に連れられて父の訓練の様子を見にいった。

それまで父の仕事について漠然と疑問に思っていたことがあった。そのことを母に話すと、母はわたしを父が訓練をする日に消防署へ連れていってくれた。

父は梯子車から訓練用の建物の中へ入り、発煙装置から出てくる煙の中、要救護者を模した重たい人形を救助用の担架に乗せ、梯子車のカーゴに迅速に乗り移り、担架とともに下りてきた。

非番の日、父は部屋の中でいつもゴロゴロ寝そべって、わたしが傍らにいると「あれを取ってくれ」、「これを片づけろ」とうるさいのに、現場では一変して寡黙で無駄のない動きであった。

心の中のモヤモヤが吹き飛ばされたわたしは、父が梯子車に乗って救助活動を行っている訓練の様子をそのまま作文に書いた。

学年末わたしは作文帳を家に持ち帰ると、母が父にわたしの作文を見せた。父は「恥ずかしいから学校の作文には書かないでくれ」と、後ろを向いて小声で言ってきた。


わたしは総合職として一部上場企業に就職した。父方母方それぞれの祖父母はとても喜んでくれた。もちろんわたしの両親も喜んでくれたが、商社への就職については、遠くへ行ってしまうのではないかという不安もあったようだ。

入社後二年間、アパレル部門を担当する部署に配属され、一通りの仕事ができるようになったわたしは初めて彼氏ができた。彼は二まわりの歳の差のある、直属の上司の課長であった。

彼がフランスへ転勤することが決まった夜、わたしは結婚を申し込まれ受諾した。

急な話であった。結婚式は帰国後にすることになった。結納などはなくビザ取得の手続きのため婚姻届を提出した。苗字が変わることへの違和感は思っていたより少なかった。

わたしはわたしと彼の分の荷物をそれぞれの実家でまとめて、国際引っ越し業者に運んでもらった。当然荷物を全部を持っていくわけにはいかないから、荷物の大部分はそれぞれの実家に置いたままにした。

父はわたしたちの結婚に反対しなかったが、面白くないのはよくわかった。母は年齢差のことがとても気になり、二人の将来を案じていた。

わたしは自分の大事な決断に際して、わたし自身が十分な時間をかけなかったことで、母に余計な心配をさせてしまったことを心の中で詫びた。

会社は〝寿退社〟ということになった。

最後の日、アパレル部門を統括する執行役員の部長は、「米倉さんの将来に期待していたが、やにわに退社することになり、それは会社にとっての大きな損失だ」とみなの前でスピーチした。

その夜、同じ課の仲間たちが催してくれた飲み会があった。みな祝福してくれた。二人分まとめて大きな花束を一つもらった。

海外へ転勤する課長と辞めていく女子社員の送別会であったが、二人がみなの前で並んで座っていると、披露宴の二次会をしているような気持ちになった。

パリ13区の中国人街がある地区のマンションに当面住むことになった。そこは夫の大学時代のラグビー部の先輩が所有するちょっと高級な共同住宅だった。二週間ぐらいしたら日本人が多く住む地区へ引っ越すことになっていた。

わたしは海外での暮らしは初めてであった。流暢に話せるわけではないが、大学時代に学んだフランス語が役に立つのは嬉しかった。夫は若い時に中国とヴェトナムに駐在したことがあり、海外勤務は三度目だ。

専業主婦になったわたしは夫の健康を第一に考え、栄養管理と食の安全に配慮しながら食事は全部わたしが作った。お米と味噌は日本から持っていった。納豆や豆腐は自前で作った。

多忙を極める毎日であったが、赤ちゃんを授かっていたわたしは、毎日の生活に要する時間と体を休める時間の配分をうまく調整することで、妊娠中の不安定でバランスを崩しがちな時期を乗り越えることができた。

わたしの世代だと男女平等の意識が大分強まっているが、夫の世代はまだまだ男尊女卑の思想が根強く、夫もまた、妻は夫を支え夫は家族のために遮二無二働くという考えの人だった。

専業主婦になることには最初やや抵抗があったが、いざなってみると納まりが良いことに気づいた。夫の面倒を見ながら新しい家族を迎え入れる準備をする。何事も無理はしないでいこうと心に決めた。

海外での生活はスパイスのような刺激がいくつもあって楽しむこともできたが、わたしの場合、仕事とプライベートの両立は無理だと感じている。将来子育てに目途がついたら、新しい仕事に挑戦したい。

心にゆとりを持ちながら母になる者として健康管理は手抜かりないようにし、肉体的にも精神的にも過重な負担は避けるように心がけた。

フランスの病院で子どもを産むことには不安もあったが、夫の両親が出産の折、東京からパリまで駆けつけてくれ、細々としたことまで全部サポートしてくれた。

義母の心配りには驚いた。山の手の上層中流の家庭で育った義母らしい優しさがそこかしこに感じられた。炊事、洗濯、掃除など生活全般にわたって丁寧で心遣いのある家事をわたしの代わりにしてくれた。

初孫を抱き上げると義母と義父は心から喜んでくれた。わたしと子どもが退院してひと段落すると、義父母はイギリスの湖水地方へ旅立っていった。義母はビアトリクス・ポターの児童書に出てくるうさぎに会いに行くと語っていた。

二〇一一年の三月、わたしと夫と子どもの三人はパリにいた。母からの国際電話で父が現場へ向かったことを聞かされた。わたしは生きた心地がしなかった。すぐに帰国して母を支えたかったが、母は「絶対に帰ってこないで」といつもとは違う声色で強く言った。「どうして?」とわたしが尋ねると「だって、生まれたばかりの赤ちゃんがいるじゃない」と答えた。

「電気を使っているのが首都だから、いざとなれば行かせられる。事故が起きた地域の人々を納得させるためのパフォーマンスさ。政府からの強い要請——事実上の命令——があったようだ。最初知事は断ったが、『誰かが必死で頑張っているところを見せないといけないんだ』と首相に捻じ込まれたらしい」

テレビ・コメンテーターはどこまで本当のことを喋っているのか、ちゃんと取材したことなのか、不明であった。「水をかける意味ってあるんでしょうか」と半笑いでコメントしているのを聞いて、わたしはテレビを壊したい衝動に駆られた。

「行かされる身にもなってみろ」

わたしはテレビに向かって思わず怒鳴ってしまった。

二〇一五年に日本に家族三人で一時帰国するまで、わたしは両親に会うことができなかった（夫の両親は何度かパリのアパルトマンまで来てくれたのだが……）。父と再会した時、父は衰え陰のある体に見えたが、デスクワークをするのに必要な最小限の健康は保たれていた。四歳の孫を抱いて、わたしに見せたことのないような満面の笑みを浮かべていた。

しかし、その四年後、膵臓癌が見つかった。末期だった。手術はできないと医者に言われた。

抗癌剤と放射線の治療が行われ、父の体は前にもましてボロボロになった。見ていられなかった。

二〇一九年、夫の海外勤務はイギリスのブレグジットの関係で、パリからロンドンへ変わった。

わたしは夫をロンドンに置いて子どもといっしょに帰国し、父と母の家で過ごすことになった。多忙を極める夫は単身赴任になったが、一人娘のわたしは父の看病をしようと決意した。

癌になって養生する父、母、わたし、そしてわたしの息子の四人で実家の小さな二階家に住んだ。癌は治らない。ついこの間までは自分で歩けたが、次第に体が衰弱し自力でトイレへ行くのが難しくなった。ある点を超えると坂道を転げ落ちていく石ころのように、一気に体が弱っていった。永眠。小学校に入学した息子がそばにいて、挫けそうなわたしの心の支えになってくれた。

お正月の出初式のニュースを見ると、父のことを思い出す。父は真の火消しだったんだと思う。わたしは理不尽とわかっていた命令であっても、果敢に飛び込んでいった父のことを誇りに思う。しかし、そのことを家族以外の誰にも言えない。もし話したら怪訝な顔をされるか無視されるかだ。

どうして父が亡くなった経緯を他人に言えないんだろう。

「防護服なしに（飛び込むなんて）無謀過ぎる！」

ある良心的なイメージが売りの評論家が当時そう言っていたことを思い起こす。ことに当たるための防護服くらいせめて用意してもらえなかったのか。心の底から悔しい気がするが……。

母は何も言わない。黙っていることが唯一の供養だと信じているかのようだ。

炉心溶融《メルトダウン》して暴走する原子炉は誰にも止められない。消防士たちは危険極まりない現場で許容量を遥かに超えた放射線を被曝した。このような苛酷で悲惨な結果を招く消防活動を、隊員がその身を賭してまでするべきことであったのか。

父の思い出をいっぱい胸の中にしまって母もわたしも生きていく。

父の冥福を祈っている。

母は納骨の日ポツリとこう言った。

「お父さん、お父さんは本物の消防士だよ。わたしは消防士の妻で良かった。本当に幸せだったよ」と。

死神からの啓示

三十歳の秋、脱走した。そして実家に帰ってきた。どのような経緯でそのようなことになったのか問われなかったが、ボクの顔を見るなり、父と母は〝事情〟をすぐさま理解した。

五十歳の冬、父が他界した。父が死ぬ前まで、オレはオレではなくボクだったが、父が死んだことで、オレはオレになった。

以後、母は一人でオレの面倒を見てくれた。

しかしオレが六十歳の時、母も他界した。何の前兆もなしに突如逝った。結果、誰もオレの面倒を見てくれる者がいなくなった。

母の密葬の後、妹がオレに最後通告をしてきた。憲兵隊に出頭するか、この家とは縁を切ってどこか知らない場所で暮らすか、どちらかにしてくれと言う。オレは家を出ることにした。河原でホームレスをするのかなと漠然と思った。

妹の夫が餞別として十万円を渡してくれた。ちょうど手元の資金が枯渇していたので、その時は有難いと思ったが、この家を処分すれば、それ以上のカネが手に入るはずだ。

妹の夫が差し出した何かしらの紙にサインしたが読まなかった。面倒臭いということもあったが、早く終わらせ、ここではないどこか遠い場所へ行きたかった。衣類など最小限の荷物を、中学生の時使っていた黒のボストンバッグに詰めた。

家の勝手口に立つと、NとYの文字を組みあわせてデザインした野球帽《キャップ》をかぶった。それはオレがまだ二十代だった頃、会社勤めを始めた妹が、初月給で買ってくれたものだ。あの頃の妹は今よりずっと優しい心の持ち主だった気がする。

夜空を見上げると明るい星が瞬いていた。元は濃紺紫色の色褪せた野球帽をオレは目深にかぶり直した。

「もう二度とここに戻ってくることはない」

引きこもりの十五年、そして脱走してから約三十年、オレはこの家から一歩も出なかった。真夜中に徘徊くらいしてもよさそうだが、そんな危険を一度も冒すことはなかった。

オレは家というものに、あたかも人格が宿っているかのような気持ちになって、振り返りざま勝手口からこの家に別れを告げ外へ出た。

表の玄関が口なら、二階は胴体の突き出た腹だ。腹の中で寄生虫よろしく静かに生息していた。出てきたところは勝手口だ。ここは肛門だろうか。

後は取り壊すしかないオンボロ家で過ごした脱走後の三十年間、一見単調な生活に思えるが、いろんな出来事があった。その場面《シーン》がわずか数秒の間に、走馬灯のように甦ってきた。

「オレはもうじき死ぬのか？」と自問した。それは死神への問いかけだったかもしれない。蠟燭が消えたら死んでしまう！

オレは還暦だもんな。

江戸時代なら隠居を通り越してそろそろお迎えだ。昭和の時代ならお爺さんだ。走馬灯を実際に手に取って見たことはないが、動画サイトでそれを見て、その画像が記憶に残っていた。

この小さくて狭い木造モルタル建築の建売戸建て住宅の古家は、サラリーマンの父とパートの母が一所懸命に働いて、稼いで、生活を切り詰めて、ローンを完済して、ようやく手にしたものだった。

オレはもしかしたら己れのエゴイズムのために、父母の人生を台無しにしてしまったのだろうか。

そのような思いが過ると同時に、父も母もオレ自身も、別々の人間であって、各々別々の人格があり、各々が与えられた環境の中、自分の生き方をしただけなのだ、と考えた。

一人一人自分の信念に従って生きたはずだから、自分も含めてそれなりに幸福だったのではないか。

そのように自己弁護し、次の瞬間、少しばかりの後悔とオレ以外の人間によって形作られた心の屈折が入り混じった感情に襲われた。


あの家を振り返るのはよそう。そう決意して、上を向いて夜の空を見ながら歩いた。

この土地は天の川が見えるほど星の数は多くないが、今夜は冬の日の星空が目に焼きつくほどよく見えた。外でじかに見る夜空は思いのほかきれいだと思った。

中学二年の二学期にクラスの人間関係がうまくいかなくなった。

きっかけはささいなことだった。弁当を食べた後、ポケットティッシュの一枚を出して洟をかんだ。その後、同じティッシュの隅っこのところで口をぬぐった。それがいけなかった。

まず、そばで見張っていた女子に見つかり、その女がクラス中に触れまわり、ボクはクラスの笑い者にされた。一過性で終わるかと思ったが、女子たちの欲求不満を解消するための玩具にされたのか、虐めはエスカレートして、クラスの中で常習的にからかわれるようになった。

続いて、陰湿で陰惨な嫌がらせを今度は男子が行うようになり、一年以上の長期にわたって辱められ虐げられることになった。

烙印が一度押されると、それを変えることは異常なほど困難だった。

挙げ句の果て、不登校になり、以来ずっと引きこもりの生活だったが、三十歳の時、徴兵の期限が来て、年度末召集され強制的に入隊させられた。

父母はホッと胸を撫で下ろし、妹はその機を逃さず結婚を決めた。

軍の訓練施設では学校より厳しいシゴキに遭い、ついに脱走した。

脱走を決意することは、正直言って難しいことであった。脱走すればすぐにバレる。不名誉なことをやらかしたということで、家族全員が世間から白眼視される。新兵の訓練施設でボクは脱走が意味することとは何かについて厳しく〝教育〟された。

脱走は絶対許されないのだと何度も何度も上官から脅されるようにしつこく大声で言われ、かつ復唱を通して自分自身にそう言い聞かせさせられた。

洗脳とは言葉だけではなく、身体的なもの――多くは何らかの苦痛を伴う暴力や肉体的な試練――を通して行われる。

しかも、それは個人と個人の間ではなく、集団的に叩き込まれるものであった。

突撃命令が出たら塹壕を出て、何も考えずに突進しなければならない。敵前逃亡は絶対に許されない。銃殺だ。

三十歳のボクは、言葉にならないほど厳しい集団的なシゴキに遭ったものの、軍隊という組織に少しずつ順応していった。

連日の訓練で体が鍛えられて、たくましくなればなるほど、心の中に別の人格が現れて、軍隊組織に対して忠誠を誓うのではなく、反逆を欲する心が育まれていった。

それが小さいうちはずっと隠れていたが、ある日、無視できない大きさの存在になったことに気づいた。


今思い起こすと、脱走を決意した時、体中の《流れ》が変わったんだと思う。人間の体の多くは水分でできているが、その水分の水脈の中の《流れ》が変化したようだ。

ある時まで滞っていた毛細血管の血液の流れが生き返って、細い血管から溢れ出した血液が太い血管に集まって流れ、それがドクドクと体中を巡り始めた。

軍隊生活の中でボクに望まれていたことは「訓練中の事故死」であったかもしれない。最も良いのは「名誉の戦死」であったが、戦場では足手まといになること必定だったため、戦地に着く前に「始末」されるべき人員であった。すなわち員数外だ。

自分という人間は遅かれ早かれ死ぬことが決まっていた。自分は死ぬこと以外に役に立たない人間であると、徹底的に教導され、訓練されたのであった。

「誰かが死なないと、軍隊は軍隊として国民から認められない。死体の山を敵の目の前に築かないと、敵兵に向かって『本気』を示せない」

ある軍曹の言葉だった。軍曹は半狂乱になって、横一列に並ばせられた新兵たちを一人一人順番にビンタした。

剛腕によるビンタはズシリと重く、ボクの顎を粉々に打ち砕くかと思ったが、ギリギリのところで加減されていて、顎骨は折れずに打撲で済んだ。

「特に世の中で役に立たない、平時に勤労や納税の義務を怠っている者が、国家のために、ここぞとばかり死んでいく。それが国家権力とその機構《メカニズム》を維持するために貢献するんだ」

「それは権力と国民の正しい秩序を形づくる上で、極めて好ましいストーリーなのだ」と、底意地の悪い悪魔のような少年がここにいるとしたら、あの軍曹に代わってそう言ったかもしれない。

訓練で鍛えられ、戦場に送り込まれ、そこで仲間の弾除けになって死ぬ。ボクの綽名《あだな》はタマヨケだった。太っていたというのが理由であった。暑い夏を乗り越えて、半年にも及ぶ厳しく激しい訓練が行われた。ボクの体重は激減しタマヨケではなくなった。

ボクは戦場で必要とされる兵隊としての能力を日に日に上げていった。にもかかわらず、本来やるべきことを放擲《ほうてき》し、一族の名誉にとって最悪の脱走をやらかしてしまった。

実家にたどり着き、すぐに二階の自室に閉じこもった。中二から十五年間引きこもり生活を送ったボクは、引きこもりの生活がすっかり体に馴染んでいると思った。

中学の時から自室のレイアウトが全然変わっていない。この四畳半の部屋の中で、引きこもりとして自分流に生きることで、「ボクがボクであること」が成り立っていたんだと再認識した。

短い間であったが、軍隊での経験はボクにとってプラスに働いたところもあった。現場のさまざまな状況に対応できる適応能力と、そのために必要な多種多様な知識と技術《スキル》を同期の仲間から実際の経験を通して学べた。

実社会で生きている彼らの言葉には不思議とウソがなかった。しかも無駄がなかった。最善手を三十秒以内に惜しげもなく教えてくれた。

学校ではもったいぶって、肝腎なことは何も教えてくれなかった。軍隊の仲間のアドバイスは合理的かつ現実的で、生き残るために欠くべからざるものばかりであった。

同期の仲間たちと交わることで、生きるために必要な能力や特技が自分にも複数あることがわかった。

二十代はネットのゲームばかりしていたおかげで、ネットに関わる上で必要な技術が自然に身についていた。それがネットビジネスにつながることは、三十歳まで部屋の中で一人悶え苦しんでいたボクには、これっぽっちも意識できなかった。


しかし、ボクの最大の才能は逃げることができるということだと教えてくれたのは、元半グレで、ホストもしていたという上等兵のKだった。

彼はボクが辛酸を舐めさせられた練兵場に来る前に、戦地に配属されたと聞いていた。激戦で負傷し病院に入り長期間リハビリを受け、回復した。新兵訓練施設に配属されると、射撃訓練場の指導員になった。

逃げることはいけないことだと小学生の時、躾けられた記憶がある。

給食の時、残さず全部食べないといけないという不文律があった。子どもたちに教育の奴隷になることを強いる小中学校は、一事が万事逃げられない枠組《フレイムワーク》みの中へ中へと、子どもたちを追い込んでいく仕組《システム》みになっていた。

　そのようなやり方で、いったい何を教えたかったのか？　教師も親もほかの大人たちも、誰もが異口同音に「逃げてはいけない」と強い調子で言っているように思えた。

　ボクが学校をやめて引きこもりになった時、逃げることを肯定してくれる大人は一人もいなかった。

「敵を殺せなければ逃げるしかない」

「逃げれば死だ」

「敵は自分を必ず殺そうとするのだから、敵を殺す以外自分は生き残れない。殺すか殺されるかだ」

　実際、戦場で軽はずみなことをすれば、隊の仲間の生死に関わる。一蓮托生だ。

「敵は前と後ろにいる」

「前には敵国の兵隊がいる」

「後ろには味方がいるが、敵前逃亡する奴がいれば、後ろから躊躇なく撃って殺す」

訓練中、例の鬼軍曹は新兵を殴りまくった。殴ることが彼の存在意義を証明しているかのようだった。

なぜ軍隊では上の者が下の者を殴るのか。上下関係と指揮命令系統を身体に叩き込む以外に、「過酷で理不尽極まりない戦場で生き抜く力をつけさせるためだ」と厳しい教練が終わった日の翌日——休みの日の野球大会の後——シャワー室で、上等兵のKがボクにボソッと教えてくれた。

仲間のみなに迷惑をかけないためにも、戦地へ行かせられる前に、つまり国内にいる間に、ボクは何が何でも逃げないといけないと思った。

脱走して再び実家で引きこもり生活を送るようになった三十代は、ネットビジネスで小遣いを稼げるようになっていた。国民年金も、国民健康保険も払う必要がなかったから、引きこもりとしてならなんとかやっていけるだけの稼ぎをネットで得ることができた。

ダークなビジネスや闇バイト情報、犯罪にまつわる成果など裏情報をやりとりするサイトを立ち上げ、管理人をしていた。

人間は誰でも秘密を話したくなる時がある。とりわけ、過去の犯罪などを自慢話として語りたくなる人がいる。そういう人たちのために、ボクは「闇の語り場」を作った。

　ボクが立ち上げたサイトへの評価は意外なところから舞い込んできた。警視庁の公安を名乗る男がある年の春の終わりに訪ねてきて、できるだけ長く「闇の語り場」を続けてくれと言ってきた。

「脱走のことは軍に知らせない」とつけ加えた。脱走者の逮捕より価値があると判断されたのか。

　四十代、ネットで知りあったある女性と親密になったが、リアルで会うことはなかった。彼女は世の中の荒波に揉まれているワーキングウーマンであった。

　こういうタイプは往々にしてカルト教団の中堅幹部になっていてもおかしくないが、無宗教無宗派の無神論者で、ボクの「闇の語り場」にハマって常連になり、頼まれてもいないのに自ら買って出て、サイトの管理人をしているボクの補佐役となり、主に新しい加入者の案内をするホステス役を担当していた。

　その女性は、世知辛い世の中を強靭な精神力でもって生き抜いてきたにもかかわらず、心に汚れというものがない、並はずれて純粋な人で、心に闇を抱えている闇の世界の住人たちの良き相談相手となり、みなからとても好かれていた。

ある日ボクに結婚してほしいと「語り場」の公開の場で彼女は言ってきた。混乱したボクはその場で断った。そして非公開のチャットにして、正直にこちらの〝事情〟を説明した。

「脱走兵なので会えない」

しかし、真剣な彼女は食い下がってきて、「貴方は引きこもりのままでいいから、いっしょに暮らしたい」と狂おしいほどに迫ってきた。

今思うとあの時あの女性といっしょになっていれば、今こうしてホームレスにならずに済んだと思う。親の家を出て彼女の家の一室に引きこもれば良かったのだ。

ところが当時のボクは頭がとっ散らかって整理がつかず、硬直した脳は柔軟性と素直さを完全に失い、生命力の英知がもたらしてくれた千載一遇のチャンスを逃がしてしまった。

脱走しておよそ三十年、閉ざされた空間の中、オレは外部で獲得した知識と技術、その後の経験から得た知恵によって、ささやかではあるが自分の生活基盤を獲得できた。

しかし、惰性的になった生活にいつのまにか安住してしまったオレは、そこから脱皮して再び逃げることが難しくなっていることに気づいた。

脱走した時には充分にあったエネルギーが失われ、懶惰な生き方を変えられずに実家の四畳半に居残ってしまった。

いざ、ホームレスになってみると、ネット絡みの「仕事」はすべて失われた。家から出てもネットとつながっていられるように、準備万端整えておくべきだった。

義弟から受け取った餞別の十万円でスマホを一台買うつもりだったが、日々食べていくことを優先してしまい、あのカネは一ヶ月半くらいのうちにすっかりなくなってしまった。

ありがたいことに、野営訓練の経験があったオレは、最小限の物品で野宿する術を身につけていた。持っていないもので必要なものは現地調達をすればよかった。

ゴミは宝物となり、そこから生活必需品の大半は得られる。壊れていれば修理し、ありあわせの材料を集めて新しく作ることもできた。

食べ物に関しては、烏と同じように残飯漁りをし、空き缶やガラス瓶を集め、それらを売ったカネでスーパーの米を買うこともあった。

河原の雑草の中には食べられるものもある。特にヨモギはそこかしこに生えているので、よく食べた。天ぷら、御浸しのほか、小麦粉に水を入れ、練ってヨモギを加え、フライパンに油をひいて焼いて食べた。

蜥蜴は串に刺し、火の上でグルグル廻し炙って食べた。野鼠は皮を剥いで臓物を処理し、干物のように伸ばし焼いて食べた。河の魚を獲って食べることもあった。外来の大きな魚が釣れると、盥《たらい》の中で泥を吐かせブツ切りにして味噌鍋にして喰った。

常に単独でいなければならないオレは、ホームレス仲間は作らなかった。個人を特定する物は一切持たなかった。

警察に職質・任意同行されたら、調べられ生体認証によって脱走兵であることがバレてしまう。警察には近づかないよう心した。

ある年の夏、この河原にいつまでもいられるとは思えなくなった。オレは日常的に餓えていた。オレの体から「生気」が失われていくのを感じた。生きる気力を失って、このまま死んで自然に朽ち果てることを考えた。死神が近づいてきていたのか？

最初、その原因は自分にあると思った。悪いのはオレだ。オレがこんなんだから生きる気力が失われてしまうのだと考えた。

しかし時間が経つにつれ、自分には非がないとわかった。おかしいのはこの土地なのだ。

この土地の底から、オレには合わない、何かしら呪われた「妖気」のようなものが発せられている。それは世界の終わりを誘引するものに違いない。

一刻も早く立ち退かなければならない。「退散せよ」とオレの心の中の核心部分が叫んでいた。

そのことに気づいた後、オレは引っ越さなければならぬと考えた。首都圏と呼ばれるこの大都市圏にはもう生きる意味はないのだ。

何か論理立てられる明確な根拠があるわけではない。オレが信じているのは、たぶん、神道ではない神道かもしれない。実在する人為的な神道はオレの味方になってくれそうもない。

目の前にある河川は首都圏を貫くように流れている。河の神がもしここにいるとしたら、この場所で何かしら大いなる悲劇が起きると言っているのであろう。ああ、いや、違う。天変地異の悲劇なんか、いくらでもこの地に起きてきたし、これからもいくらでも起こりうる。

地震、津波、台風、洪水、土砂崩れ、雷、竜巻、そして火山噴火……何が起きてもおかしくない。この国は、無常の国なのだ。繰り返される天災とともにある。破壊されたら、その度に立て直すしかないのだろう。

ひょっとしたら戦争が起きるかもしれない。核ミサイルが飛来して原水爆が炸裂するかもしれない。

脱走してまもなくアニメを見た。大都市中心部に、カルデラ噴火のような巨大な穴がぽっかり開いている。この現実世界にこれから大きな穴が開くのだろうか。それとも心の中に目に見えない大きな穴が、既に開いているのだろうか。

ところがある時期から、「そんなことは気にするな」ともう一人の自分が主張し始めた。

軍隊の中でオレの中に形づくられたもう一人の自分は、知識と技術、そして知恵の面では大いに役立ったが、心の内面では有害な動きをすることがあった。

「できないことは考えるな。できることだけに集中しろ！」

それは否定だ。何かにつけ頭ごなしに否定する。否定からは何も生まれないのに、闇雲に否定して、現実的で、ほかに方法がないと信じられている対処法へ引きこんでいく。


いくつもの非現実的な妄想と現実的な対処法の狭間で揺れ動いていた時、オレは突然選択を迫られた。「このままここに残って死神が迎えに来た時、死を受け入れるのか？」と。「それとも別の土地へ移って、生気を取り戻すのか？」と。

まず、死神が迎えに来るということは、心の持っていきようとしての「死にたい」という負の願望とは異なるものではないか、と考えるようになっていた。

この土地から発せられ、オレの体を通り抜けていく悪魔的な「妖気」によって、何らかの心身の変調を来しているのだが、その結果として、「生気」を失った体が、そのナチュラルな流れの中で死へと向かっていく、そうした暗くて強烈なイメージを、オレは抱くようになった。

オレは大事なことがわかった気がした。

不登校になった時も、軍隊を脱走した時も、相対峙するところのものは、人為的な組織だった。学校教育に順応し、真っ当な社会人になっていたら、「逃げる」ことはできなかったかもしれない。殺される前に出ていこう、と逃げる時思えた。

現在のホームレスになったオレという人間は、引きこもりの時代とは打って変わって、動きまわっているしか、ほかに方法はないように思われた。コインの裏表がひっくり返るように行動のパターンが大きく変化した。

オレは、とにかく、漂流してみようと思った。

そして、動きまわるようになって数ヶ月し、以前からオレの心の中にあった「死神に対する恐怖」の大部分は、オレに原因があるのではなく、土地から発せられるもの、つまり、つかみどころのないどす黒い汚泥のような悪の塊、その「妖気」に原因があると確信するようになった。

この土地を離れなければならない、というお告げのような啓示は、不意打ちとしてやってくるものらしい。

ある日、ホームレスが点在して暮らしている河原で、《東日本潰滅》を予言する、物知りお爺さんに出逢った。

その日の朝使者が来て、朝方の微睡の裡によく眠っていたオレは、ふだんなら決して聞いたことがないような大きな声で起こされた。草むらに囲まれた場所にある、モンゴル人が作ったような円形のテントにオレは案内された。

「アノ時、もう少しで《東日本潰滅》になりかけていたが奇跡的に免れた。しかし何かが起きれば、再び《東日本潰滅》の危機が来るかもしれない」

「それが十年後か百年後かわからない。次の周期の時の『東日本大震災』と同じような大地震と大津波が来た時に《東日本潰滅》ということになってしまうのかもしれない」

預言する爺さんはかつての自分とだいたい同じ考えだとわかり、率直に言って共感を覚えた。

そして、一週間もしないうちに、その老人は死んだ。

名も無きホームレスは、「遺言」を語った後、猫の死体のように固まって死んでいるのが見つかったそうだ。

それは「自分の死」を暗示するものであったのか？ そうかもしれない。死は自分の知らない時にやってくるものなのだ。

「出発」しかないと感じる。一瞬フワッと立ち上がって、この「土地」を離れる。

そこから当てのない「旅」が始まる。

仮にそれが百年後だとしたら、その時オレは、百パーセントこの世にいない。

オレの窺い知れない未来の時代に生きている人々は、その悲惨な体験をしているかもしれない。

オレがその河原を旅立った直後、オレの空想世界では、大洪水がやってきて河原は全部水没することになっていた。

河原だけじゃない。堤防が崩れて平和な生活を営んでいる人々の住宅地区の広範囲が水没することになっていた。

その未曾有の洪水のために、多くの人たちが死んでしまうのであった。

もちろんそんな洪水はまだ来ていない。オレの空想の心象風景の中ではそうなっていた。

「その時、自分がここを離れていなければ、自分は死んでいる可能性が高い」

そのように信じ、河原を離れることにした。洪水はいつでもどこでも起こり得る。行った先で洪水に遭遇し、そこで死ぬかもしれない。

行政はハザードマップによって、浸水想定区域を明らかにしている。一方、住民は半知半解のまま、自分の身にはひどいことは起きないと漠然と信じて、日常生活を続けている。

オレは自分にとって悪い「妖気」を避けるため、河原を離れることにした。ほかの人にとって「妖気」は毒でも何でもないかもしれない。

中学校から逃げ、軍隊から逃げ、ついに長年住んでいた土地から逃げることを決めた。客観中立公正の見方を捨て、運命を直観に任せ、オレは逃げ続けることを選択した。


河原を去ってから半年ほどかけて、遠く離れた西の国にたどり着いた。そして、河原の物知り爺さんに聞いたヌシと呼ばれる婆さんのことを思い出した。

ヌシはこのあたりの水商売の女たちの世話人だ。稼ぎは謎だが、どうもパチンコで食べているらしい。その生涯を通して少しずつ貯めたカネで、廃仏毀釈の際に廃されたお寺を再興したという。

オレは公園でたまたま出逢った乞食に案内されてヌシのいるお寺の離れまで来

た。亡くなった物知り爺さんがヌシに会うようにと言っていたのを思い出し、そのことをヌシに伝えた。

「へー、あの爺さん、そんなことを言って死んでいったのかい。厄介な『遺言』を背負いこんでご苦労なことだね」

ヌシは歯の抜けた前歯を見せて笑う。

「天変地異により《東日本潰滅》みたいなことは、あっちだけじゃなく、ここ西日本でも起こり得るよ。日本中原発だらけじゃし……」

ヌシは悲劇が起きることがわかっていても、いつもニコニコ笑っているように思えた。

「大事にいたらんよう祈るしかできんけど……地震の国にこんなに原発をこさえたんやから、どこでまたよろしくないことが起きたとしてもなんも不思議やない」

ヌシは自分の言ったことに頷く。そうだそうだと自分に相槌を打っている。

「まあ、禍は原発以外でも、いくらでもあるがの……」

ヌシは続けた。

「戊辰戦争以来この世の人間は際限ない欲望にかられ、自分を見失うてカネばかり求めるようになった。みな狂うてしもうた。自然を破壊し海を汚して、それが科学だと勘違いしておる」

ヌシはオレが目の前にいることを忘れ、頭の中にある思いを蚕が糸を吐き出すように、そのまま口から言葉にして出している。

「そろそろ、一人一人が贅沢を夢見るのをやめて、ものを大事に使うて、自然と仲よう末永く、みな助けおうて暮らしていけるようにせんならん」

ヌシは暫く沈黙した。戸外でヒヨドリがうるさく啼いて飛んでいった。

「人間は人間に戻らんといかんの。うむ」

ヌシは南無阿弥陀仏を繰り返した後、座ったまま眠っているように見えた。

オレはヌシが目を瞑っている合間にその場を立ち去った。


母が亡くなり、家を出て、ホームレスになり、「遺言人」の爺さんに出逢って、長年暮らしたかの地を出立した。そして旅をするうち、ヌシという婆さんに出逢い、また「遺言」を頂戴してしまった。

オレはこの旅を通して、いろんな人の「遺言」を聞いて、最後に自分の「遺言」を誰かに聞かせて死ぬのかもしれない。

オレは「遺言人」の後継ぎになったような気になった。

そしてオレはワシになった。

軍政下の街

軍政下の街では夜間外出禁止令が敷かれている。夜中に街を歩くとＭＰに逮捕される。だから夜は家の中で静かに過ごさなければならず、窮屈な暮らしを強いられている。

戦争は突発的に始められた。長らく平和が続く「戦後」だと思っていた。いつ「戦前」になったのか、時代の分水嶺がどこにあるのかわからない。

この街は戦争が始まってからというもの、暗黒色の厚い雲に覆われているかのようだ。常に上からの重圧感があり、その異様な緊張感の中に人々が閉じ込められている。

軍はこの街を一つの拠点にして、兵士を前線へ投入したり、武器弾薬や食料などの物資を送り届けたりしている。この街には戦って負傷した兵士や壊れた戦車が運ばれてくることはない。人々は今のところ、戦争の悲惨な面を比較的見なくて済んでいる。

戦場での経験がない若い兵たちが行進して街に入ってくる時、市民から歓迎を受けるが、簡易宿泊所になっている軍用テントの中から、夜中啜り泣く声が聞こえるという。たまにリンチが行われ、トイレで首を吊ったことにされる人もいるようだ。

私は戦争が始まった年に六十五歳になり、戒厳令下の動員令による徴兵に応じずに済んだ。成人した若者たちは入隊前に進学か就職か進路が決定され、多くは高校を卒業すると——理科系のエリートを除いて——自動的に軍隊に入れられた。

平和な時代には想像できなかった理不尽極まりない戦争は、若者や三十代、四十代の働き盛りの男たちにとって計り知れない痛手となった。

私には娘が二人いて、二人とも結婚し家を離れている。妻は二人の娘がそれぞれの子を産んだ後に、病気で亡くなった。療養中の妻は生前、孫の顔を拝めて幸せそうだった。

隣近所の人たちはヤモメ暮らしの私を何かと気にかけてくれ、私は一人でも何とか切り抜けられてきた。

高校の同窓会があり、離婚し子どもが自立し一人になった女性と茶飲み友達になり、都合がつく日は会って食事したこともあったが、戦争が始まって連絡は途絶えた。

この街では平穏な生活が約束されていると信じられてきたが、ミサイルが飛んできて街区が破壊される度に、人々の意識に少しずつ変化が生じていった。いつも行く犬の散歩コースでは、崩れ落ちたマンションや商業施設の焼け跡を見かけた。防空壕の建設が進められたが、攻撃の頻度が増すにつれ、全然間に合っていないことがわかり、自分たちの住処にミサイルが着弾したら御陀仏だと誰もが観念した。

犬の散歩だけは、ほぼ毎日欠かさなかった。犬は空港で働いていたビーグル犬で、お役御免になった後、譲り受けたものだった。犬は飼い主に似ると言われるが、この犬はビーグル犬特有の、いつも先まわりして主人の意向に応えようとする賢さを具えていた。

軍がこの街を軍政下に置く時、まず街に軍の車両が続々とやってきた。小さく折り畳まれた折り紙が一つ一つパタパタと音を立て開いていくかのように、軍の配置はスムーズに行われていった。

軍と民間人の上下関係が築かれ、民間人も戦争協力のため組織化され、人と人の関係性が大きく変わった。軍の展開は街のありようを一変させ、軍政下のルールの適用を市民に強いるものとなった。

私は計画的に進められた軍の動きの一部始終を見て感心したが、同時に人工的で非人間的な「世界」が、我が故郷の街にあれよあれよと言う間に構築されていったことに疎ましさを禁じ得なかった。

他所からやってきた国軍によって、素朴な郷土愛を育む自尊心が大いに傷つけられたが、「これは祖国の危機だ。国民は耐えなければならない」という暗黙の強制が心に覆い被さってきて、故郷をどんなに蹂躙《じゅうりん》されても激しい怒りを抱くまでには至らなかった。

「こんなことがあってよいものか」と考える疑念が、戦争の日々の中、擦れて失われていった。異常が正常なものとして認識され、誰もが倒錯的で従順な人間になった。

ミサイルが想定よりずっと多く飛来して、街が破壊し尽くされたらどうなるんだろう。小型の核兵器なら全滅する可能性もある。人は傷つき殺され、構造物は瓦礫の山となり、人為的な秩序も失われ、すべてが終わる。

侵略軍と戦っている前線は一進一退を繰り返す。退けばこの街も戦場になる。そうなれば六十五歳を超えていても、戦える者は武器を取って戦わねばならない。緊迫した状況の中、市民兵のための訓練が始まった。

訓練の日だけ本物の銃と模擬弾が手渡される。思いのほか重い。軽い銃を希望したが、私の子どもより若い上官に「ない」と言われ拒否された。「動けない奴は戦場で死ね」とその上官は言ったが、私は鉄兜を直し聞こえていないふりをした。年嵩《としかさ》になると若造の言葉は、できるだけ聞こえない方が人間関係がうまくいく。

娘二人は遠いところへ嫁いだ。ここには来ない。娘の家に身を寄せる話もあったが、故郷を捨てる気にはなれなかった。

私は月に一度持病で病院へ通う。病院の売店で働く気さくなパート店員と顔見知りになった。高校を出てすぐ結婚したが子どもはなく、夫は戦地にいて長い間連絡が取れない。たまに手紙が届くが、どこで何をしているのか軍の秘密保持のため知らされない。

彼女とは友達のつもりで病院の外で会うようになった。とりとめもない世間話をしていると、ウマがあうのか、話の要所要所がツボにはまる。どうしてなんだろう。たぶん言葉が似ているからだ。彼女は地元の出身だとわかった。


「あ、わたし、お布団の打ち直しができるよ」と、唐突に彼女は提案した。布団が煎餅のようになって、体が痛いとボヤいたからだった。

「え、打ち直し？　何だそれ」

「お布団の綿を再生させて、新しい綿も加えて、お布団をリニューアルするの」

物資が不足している折、裁縫が得意な彼女は、古い布団の綿を手で洗って小さなゴミなどはきれいに取り除き、乾かして新しい綿を加え、突起のついた専用の道具でトントン叩いて綿を打ち布団の形に整えていく。布団を再生させたり、座布団に作り変えたりできるそうだ。

「古い布団しかないが……」

「大丈夫だよ。何とかなるよ」

一週間ぐらいかかるので、ウレタンマットレスを貸してくれるという。お代は缶詰と煙草と酒と現金少々ということで話がまとまった。数日後私の自宅に来るという。


彼女は約束通り日曜日の朝、大きな風呂敷にマットレスを包み、それを背負って持ってきた。

「まるで泥棒だね」と言ったらムスッとした顔になった。「そんなつもりで言ったんじゃないよ」と言い訳すると「嘘よ。気にしないで」と彼女は笑いながら返した。


彼女は私のベッドの大きくて重そうな布団を見るなり、「これを持って帰るのは大変ね」と私の眼を見て言った。

「そうね、道具と材料を持ってくるから、ここで作業してもいい？」と聞いてきた。私は「いいよ」と答えた。

「コーヒーを淹れるから飲んでいけよ」

「うん。でもタンポポならいらない」

「正真正銘のブラジル産コーヒーだ。ブレンドだが、結構いける」

女はマグカップに入ったコーヒーを、ゆっくりと飲んで帰っていった。

戦火の中、布団の打ち直しのため何度かうちに来た彼女は、作業が終わった後も私の家に度々遊びに来た。やがて病院の売店が休みの土日をうちで過ごすようになった。

「このワンちゃん可愛いわね。お名前は何ていうの？」

「プリンスだ」

「ふうん。あなたがキングでこの子はプリンスなのね」

二人は世間話に飽きると、同じ部屋の中、本を読むなどして寛いだ。そのうちに互いの距離が縮まり、十代の時のようにイチャイチャした。ミサイル攻撃の数が増えるにつれ、近所の住人はいなくなり、私は人目が気にならなくなった。

不倫は人の道に反するとは思うけれど、タピスリーの重厚な緞帳が上がって、向こうとこちらの隔たりがなくなるように、二人の間の障壁はなくなっていった。私は彼女を抱き寄せ、年甲斐もなく夢中になってキスをした。

二人の逢瀬は、イチャついているのか、添い寝しているのか、何をしているのかわからぬ時間が長かった。いっしょに過ごしてはいるが、二人がしていることへの罪の意識は希薄だった。同じ部屋にいることは、寂しさを紛らわすための合理的な方便に思われた。

その一方、戦時下という特殊な環境において、二人の関係性は水平化し、対等な立場で魂の充溢《じゅういつ》を求め合っていることがわかった。

いつ命が失われるかわからぬ状況においてどちらかがどちらかを所有したとしても、それが「意味」をなすことはない。支配と被支配も、依存と被依存も同じことだ。

実際、戦争は、何かにつけ上下関係が強制されるものだが、そのような暴力による力関係は、刻一刻と更新され上書きされ変わっていく。ブヨブヨとして不安定な「秩序」は、戦争中は流動的だが、戦争の終結とともに固定化される。

生殖し家族を形作るといった、平和が約束された安定社会の中長期的展望を全く欠いたまま、私たち二人は台風の眼のような真空地帯にいるのだろう。

「内なる自然」を希求する男女の行為を通じて、互いに響き合って生じる、ダイナミズムに、自分が生きていることの証を求めているのか。

自らを正当化するつもりはないが、プラトニックな恋愛は、実に虚しいことだと思った。むしろ即物的で純粋な肉体的結びつきの方が、この特殊な環境に適合しているとさえ思った。

二人は生死の縁を歩いてかろうじて生きているのだ。下劣で不道徳な不倫行為が、ここでは唯一真に愛し合うことだと、認識を故意に歪めて自分に説明したくなった。

贖い切れないほどの代償を払わせられることになっても、現在進行形の、蘭引きされ純粋になった肉欲のインテンスィティが、二人の秘密の関係性を限りなく美化して、錯覚させてくれると思った。

私は相手の意思を確かめなかったが、きっと彼女も同じ「意味」を共有しているに違いない。

私は、虚構として「愛している」と心の中で呟いた。その精神的昂揚は、潮が深い海へ向かって退くように、ゆっくりと引いていった。

後は長い時間抱擁し、互いを慈しみ讃えあった。お互いの体を本当に美しいと感じ、充溢の情感をともに分かち合った。

「君はいくつなの？」と、興奮が収まった私は、彼女に問うてみた。

彼女は「十八歳」と俯きながら、大人になったばかりの少女が、羞じらう心を露わにして答えた。私は嘘を見抜いていたが、それをそのまま受け取った。

二人は互いに本名は名乗らず、私は女をクリケットと呼び、女は私をキングと呼んだ。

絶え間ない恐怖が持続する中、クリケットの存在の重みが増していった。ところが、かけがえのない彼女の〝実存〟を表すはずの本当の名前というものに関心が持てなかった。

私は彼女が店でつけていた名札の苗字を見て、それを確かめて一度は記憶したが、その記憶は帰り道空襲警報が鳴り、爆撃の恐怖に掻き消され、思い出せなくなった。その後、思い出そうとする意欲も調べようとする意思もなかった。

＊＊＊　　＊＊＊　　＊＊＊

「わだつみ通りにある公園へ、妻と娘二人で出かけたんだ。五月の晴れた日。新緑が美しかった」

「わたしも好きよ、あの公園」

「高校生の時、初デートしたのもあそこだったな」

「うん、わかるよ」

生まれ育った土地の言葉とその文化《カルチャー》を共有している。私はクリケットとともにある〝郷愁《ノスタルジア》〟によって慰められた。

クリケットの両親の出身地は、この都市の北にある小さな村であり、私の母方の先祖はその隣村の人であった。一族の家系図はとうに失われているが、どこかで血がつながっているのかもしれない。

クリケットの祖父母が住んでいた村には、村人が共同で使っている井戸があった。ある日、旅人がふらりとやって来て、井戸に飛び込んで自殺してしまった。目撃した村人が井戸に落ちた男を助けようとしたが、生憎酸欠で倒れ二人とも帰らぬ人となった。

村人たちは二人の死を惜しみ、追悼のための碑を建立した。今、村は戦場となり、榴弾の雨あられ、悉く破壊され、最後ナパームで村ごと焼き尽くされた。

「あなたはわたしにとって、父でもない、恋人でもない、もちろん夫でもない……だけど、二人だけでいると、家族といっしょにいるみたい。気持ちが和らぐわ」とクリケットは遠い過去を述懐するような声色で言った。

私はクリケットの額に深く刻まれた皺を見て、この女の実年齢は九十歳ぐらいで、もうじき死ぬんじゃないかと直観した。

「わたしはミイラと寝ているのかもね」

「あなたはかつて生きていたが、墓の中に埋葬された死んでいる王様よ」

「わたしは墳墓に入り込んだ盗掘団の一味なの」

故郷を同じくする者どうしだからか、他愛もない冗談を言われると心地良かった。しかし、有事が終われば本来あるべき日常に戻らなければならない。クリケットとの行きずりの関係はそれまでの縁《よすが》なのか？


長い時間、永遠と思われるくらいお喋りし、愛撫し合った。裸の体を重ね合わせ、空爆が止まっている刹那、静かに抱き合った。

ミサイルあるいは榴弾を撃ち込まれたら、この状態のまま瓦礫の中で二人は死ぬ。男女の裸の死体が発見されるのか。暗闇と静寂の裡《うち》に、生と死が表裏一体となって時間が過ぎていく。

このアパートメントは、いずれ敵の激しい攻撃を受け廃墟になる。廃墟となった建物の、私たち以外誰も知らない地下室に避難して、残された時を過ごそう。

戦争から逃げた二人が、誰も知らない秘密の場所で、無垢な気持ちから自分たちを神聖化し、そのままミイラになればいい。

過ちを繰り返す人間の精神に、生死の区別のない美しい身体《ボディ》の一体感が重なって、私という生命の最期の証が得られると信じられた。


翌日の朝、病院が攻撃され瓦礫の中から死体が発見されたと耳にした。私はいても立ってもいられず駆けつけた。

崩れ落ちた病院の建物の瓦礫の中から、運び出された人間が、大通りの歩道に仰向けに寝かされていた。

みな死んでいる。一見してわかる。

女性の遺体がある。

近寄れず顔は確認できない。

あのジーンズは、確かクリケットが穿いていたものだ。膝小僧に擦り切れてできた穴がある。

遺体が彼女だとわかると、全身がガタガタと音を立てて震え始めた。震えが止まらず、身動きが取れなくなった。私はクリケットが無造作に置かれた路上から、二、三十メートルほど離れた位置に、鉄棒で串刺しにされた男のように立ちつくくしていた。次のミサイル攻撃で死ぬのなら、この場所で死んでいいと思った。

みすぼらしい死体と化したクリケットの亡骸を、呆然自失の状態のまま、長時間ずっと眺めていた。

ここに来た時は昼過ぎだった。夕刻の鐘が鳴っている。

平時なら若くして亡くなった美しい女性の遺体として、家族の手で死に化粧を施され、色取りどりの花々とともに棺に納められたであろう。

あの女は敗者なのか？　不倫という罪を犯したからこんな目に遭ったのだろうか。

爆撃によって無惨に殺されたクリケットの、傷つけられ、瓦礫の粉塵によって汚された死体を前に、私も見苦しい死に様をこの世に残して、地獄へ堕ちてやる、と独り愚痴た。私は世界で最も邪悪な人間のように振る舞った。

上の衣服（ニット）がはだけ、クリケットの日焼けしていない皮膚が露わになっていた。

昨夜の生々しい感触の記憶が甦ってくる。

皮膚と皮膚が接し擦れあった、脳ではなく体に浸透した感覚の記憶が、私の皮膚の奥の方に今でも残っている。

絶望的な美しさだ。

私はゲロを吐き、自暴自棄になって、自分も遠くないうちに死ぬんだと自覚した。

死によってのみ償いが完了する。私は悪魔的なミイラとして盗掘団に復讐したのか？

死んだ女の体は長時間路上に放置され、土埃に塗れ、黄土色の塊となって、この場所《シーン》と一体化していた。私は軀《むくろ》というものへの感情を失っていった。

そして時の経過とともに、それは腐敗していった。


夜になると晩秋の寒さにゾクッとし、我に帰った。そして思考の方向性に変化が生じた。

ありがたいことに、クリケットが死んだ場所は勤務先の売店のある病院だった。

あの不倫が、彼女の夫に、永久にバレなくて済んだんだ。屈強な男に殴り殺されても仕方がないのに、完全に証拠を湮滅《いんめつ》させることに成功し、殺される可能性は永久に潰え去った。

私が殺されることで罪は贖われるはずだった。
それが唯一残された救いのはずだった。

遺体収集車のけたたましいサイレンが聞こえた。私は正気を取り戻した。家に帰ることにした。クリケットの遺体は警察に任せよう。余計な心配はしなくていい。

帰途ヨタヨタと歩きながら、私は病気で他界した妻のことを回想した。私は妻を心から愛していた。ただ妻の故郷は離れていたので、同郷であることで得られる情感を共有することができなかった。

逆に病院の瓦礫の中で死体として見つかったクリケットに関しては、恋愛感情に近い親しみはあったが、本当の恋人のように愛しているというわけではなかった。もちろんクリケットも私を真に愛していたわけではない。

戦争が終われば夫が帰ってきて、何もなかったような顔をして、仲睦まじい夫婦の生活を再開するはずだった。平和な〝御時世〟の幸福を取り戻せば、罪深いことをしたという思いは、いささかも残らなかっただろう。

私は平常心を失うことを、全く気にしなくなっていった。自分が「正常」ではないことに、私は気づいていたが、自己肯定感が常に全否定される戦時においては、これでいいと自分に言い聞かせた。

いつのまにか私は自分の家に帰っていた。寝床には、クリケットの体の跡が残っていた。

クリケットは美しい髪を束ねるために使っているシュシュをはずして、枕元にある棚に置いたのだった。枕には抜けた長い髪の毛が何本か残っている。

人の気配がまだ感じられる。死体から遠ざかった私は、この部屋からも逃げたい衝動に駆られた。

カーテンを閉め切っている部屋には陽が届かず、外の昼と夜がわからなかった。しかし今は夜だ。普段なら夕餉の時間だろうか。私は強烈な睡魔に襲われ、居間のソファに倒れ、そのまま寝てしまった。

戦地から帰還した夫は、妻の死を知って悲嘆する。数年後、別の女性と結婚し、新しい幸福な生活を始める。

夢から覚めると、私はヒヒヒヒと一人嗤った。小さな卑屈な声でクリケットの夫を何度も嘲笑った。

「あいつも戦場で死んでしまえばいい」下種の夢想は、私にとって、地獄行きの切符を使う前の最後の密やかな楽しみなのか。

「どうせもうすぐミサイルに吹き飛ばされ、バラバラの肉片になって死ぬ。オレという証拠も、クリケット同様、死んで消滅すればいいのさ」罪の意識が逡巡してくると、もう一人の自分の亡霊に答える。

卑怯で異常な存在になった私は、夢遊病者のように、薄暗い居室の中を彷徨っていた。行ったり来たり同じところを歩いた。横になって寝ることを、禁じられたような気になっていた。


意識がボヤけ、朦朧とした状態が続く。死体が並んでいた歩道のわきで、人が話していたのを聞いた。

火葬場が稼働していないため、死体は火葬されずに、そのまま土に埋めるという。棺桶は使わない。穴が掘られ、そこに死体袋が放り込まれ、埋められるのだそうだ。

白日夢の中に近い過去が出現した。私は破壊された病院の瓦礫の中から、掘り出された死体と、ずっと向き合っていた。

骸は二人の男によって袋に入れられ、トラックに放り投げられた。

遺体収容所に安置され、来るはずもない夫の到着を待つのだろうか。

私は再び亡霊になって、クリケットのそばにいたが、次の瞬間電気の点いていない寝室の、片隅にある区切られた空間に、私は一人で椅子に座っていた。

クリケットが打ち直しをしてくれた布団が、古いベッドの、汚れたマットレスの上にある。昨日までクリケットと私は、ここで抱き合っていたのだ。

凹みの痕跡を手で擦る。遠い昔の思い出のように懐古した。片方が死んでしまえば、死んだのがたとえ今日であっても、二人の間のことは、井戸で死んだ旅人と村人の昔話と変わらないくらい、古い昔のことになる。


夜通し空襲警報のサイレンが鳴り続け、激しい空爆が一晩中続いた。窓の外は花火より遥かに大きい閃光が飛び交っている。音は大きいはずだが、耳に異常を来しているのか、よく聞こえない。

「地下の防空壕に避難せよ」と誰かが外で叫んだような気がした。私は隣のビルの地下壕へ逃げた。

近隣の防空壕として使われている地下施設には、人々がたくさんいて立錐の余地もなかった。後から来た者は立つしかない。私は鉄扉の内側に凭れかかる。私より年長の男性が私に凭れかかってくる。

奥には子どもと女性。入口付近に年長の男たち。ここで直撃を喰らったら死ぬだろう。私が凭れかかる鉄製の扉は、私の体を芯から冷やした。しかし扉と体を離す余裕はない。

冷たい……。朝まで耐える。立ったまま寝ようとする。小さなパンの欠片がポケットにあった。ポケットに手を入れて堅くなったパンに触ってみる。それは小さな希望に思えた。

朝が明けた。空襲は終わった。私は外へ出た。新たに破壊された建物と既に破壊された建物が混在している。私のアパートメントは、部分的に破壊されたが、無事のようだ。

戦争というものが勃発せず、我が街への空襲がなければ、今ここでさわやかな朝を迎えられたはずだ。

飼い犬は自室に残されたまま、散歩はおろか給餌さえ怠りがちになった。プリンスは元気がない。

私は死ぬつもりだったのか、犬を捨てようと考えた。次に外出する時、犬を自由にしてやろうと思った。

犬の運命が私から切り離されると、クリケットの亡骸が埋葬される様子を見届けようという気になった。

「急がないといけない」

私の死はすぐそこにある。せめて人間に戻って死にたいと考えたのだ。

病院関係者に問い合わせると、葬式の日時と場所をすんなり教えてくれた。私は急いで目的の場所へ自転車をこいで向かった。

共同墓地への道すがら、破壊され廃墟と化した街区を目の当たりにした。烏賊《いか》墨《すみ》色のフィルター越しに見ているかのような景色だ。道路に瓦礫が散乱している箇所は、自転車を押して歩いた。

ガラス質の粉塵が中空を舞っている。肺胞に刺さる。しかもこの空間は、爆弾に添加された有毒物質の粒子によって汚染されている。汚染に対し誰もが「平等」だから、その体験を共有できるらしい。

墓地はなぜか敵が攻撃してこない。新たに墓地になった土地は、元々馬鈴薯や人参などが植えられた畑であったようだ。共同墓地に隣接している土地だったため、急遽墓地に変更された。

私は待った。予定の時間より一時間くらい遅れて、トラックが走ってきて止まった。運転手と助手と墓掘人夫たちがトラックを降り、遺体袋数体分を四人がかりでトラックから降ろした。私は遠くから様子を窺った。

助手が小型重機で土を掘り返した。次に墓掘人夫がショベルを使って、穴の形を整えた。死体袋が穴に入れれば良い。丁寧な仕事は必要ない。それだのに人夫たちは自らの仕事にプライドを持っているのか、棺が納められるように穴をきれいに微調整した。

一つの穴に一つの袋が入る。全部で五つある。

細身だが筋肉質の男二人は、肉体労働はお手のものに見える。ほどなくして指示通り人数分の穴を掘り終わった。

遺体袋が五体分あるうち、どれがクリケットなのか判別がつかなかった。しかし、近くに寄って作業をする男たちの間に割って入って、遺体袋の名札を確かめる気にはなれなかった。

「人を呪わば穴二つ」というが、その穴がこれなんだと思った。五体の袋が一つずつ埋められていく様子を、私は遠くから注意深く観察していた。

宗教者は結局誰も来なかった。そして誰一人家族も来なかった。身寄りがない者たちばかりが集められて、この共同墓地の一画に無縁仏として埋葬されたらしい。

遺族である夫が戦地からここへ来ていたら、別の場所に別の方法で埋葬されるだろう。しかるべき宗教関係者も参加しただろう。死体は遺族がいるかいないかによって、扱われ方が大きく違ってくる。

一連の作業が終わり、係の者たちはそそくさとその場から去っていった。私は墓標として建てられた木のある場所へ歩み寄った。

仏教徒のは、一本の棒のような木材が直立して立っている。キリスト教徒のは、十字架だ。彼女はどちらか判別できなかったため、便宜的に仏教徒として埋葬されたようだ。

木の墓標には、生没の年月日とともに彼女の本名が記されていた。小豆沢静江とあった。性別と亡くなった日が一致する。ほかに女はいない。年齢は三十六歳だつた。

英雄の階段

菜の花が咲き始めた彼岸前の穏やかな日、私は病院から施設へ移った。父と母が来て同行してくれた。

新しい入所者の列が施設の門を潜り、列の先の四分の一ほどが門を通り過ぎると、荘重ではあるが出征の時のように勇ましいとは言えない音楽が流れ始めた。敷地内に入ると、いささか古ぼけた軍楽隊が演奏をしているのが見える。

できるだけありし日の行進の姿に近づけるべく、傷痍軍人たちは体の動くところは全部使って、リズムにあわせて精一杯動かしている。一団が広場の所定位置に着くと、この場所で数多繰り返されてきた型通りの儀式が開始された。

軍の幹部から一人一人が顕彰され、勲章を授与された。私は二階級特進となり下士官としては最上位に就いた。そして退役した。

私はその日この国の英雄になった。

志願兵になることを母に告げた時、母は素直に喜んでくれたが、あの時止めなかったことを後悔していると後から聞いた。

母は父の陰に隠れ、終始オドオドして伏し目がちであった。少し距離を置いたところから私の様子を窺っていた。

個人的な感情から発せられる言葉を一切口にしないように、自分自身を律しているように見えた。

施設には来客時用のレストランがあると聞いていた。儀式が終わった後、私は父と母を食事に誘ったが、あっさり断られた。

「また来るよ」父はいつもはしない作り笑いをして見せ、今日なすべきことはすべて終わったという顔になって、踵を返し足早に去っていった。

父と母から汲み取れた――表向き同情を装いつつも根源において隔絶している――健常者が障碍者に対して抱く憐れみの〝感情〟は、その表層が形式的かつ定型的であればあるほど、確固として否定し難いものに感じられた。

元居た場所へ戻れない廃残者を抱え込んだ家族は、健常者たちによって構成される平穏で欠落するものがない世界から外へ、そのような〝異物〟を押しやる以外に、日常生活の正常な諸関係を築くことはできないのだ。

国家と軍隊と国民の〝秩序〟の維持が至高のものとして目的化され、そのための管理が国家権力の強い意志によって貫徹されている。

心の隅々まで統御され、支配されている国民の態度が醸し出す、ある種の条件づけられた〝情緒〟というものが国全体を覆っているように思われた。

もちろん私には、そのような〝秩序〟というものに対して反抗する気持ちは微塵もない。戦場では国家と国民を守る立場であったが、今は国家と国民によって守られる立場だからだ。

ほかに選択肢はない。当初私は四肢を失った自分を受け入れられず、まさに帰還兵特有の被害者意識の塊だった。

しかし、己れの意志により軍隊に入ったことに私は悔いはなかったし、自分が選択して獲得した人生にケチをつける気にもなれなかった。

〝儀式〟の日、地面から一段高くなったところにあるポールの上の方に括りつけられた国旗が、春のそよ風にはためいていた。旗のなびくさまを見て祖国に対する忠誠を改めて誓った。

戦場に近い野戦病院で緊急手術を受け、外地から帰国し、軍の病院に収容され、長期入院した。

不完全な体になった私の心は崖から突き落とされ、果てのない漆黒の闇の世界に陥っていった。

結構負担の重い肉体労働と繊細な手作業の両方を必要とする和菓子屋の稼業は、継げなくなった。

私は家族にとって、街路樹に大量発生した害虫の毛虫よりも価値のない厄介者なのだろうか。被害妄想が拡大し、そのような身勝手な憶測をして、悪想念の虜になった時期もあったが、カウンセリングを受け、ひたすら時が過ぎるのを待って、最初の艱難《かんなん》と悩乱の時期を超克した。

ありがたいことに、国は命を賭けて国のために戦った者たちのために、このような行き届いた施設を用意してくれた。本人も家族も国のしてくれることに納得する以外にない。

戦争に参加して受けた心的外傷の苦悶は、戦争を体験したことがある者にしかわからない。肉体的苦痛に加え、長期間にわたる強烈なストレスによってもたらされる悪夢と妄想は肥大化するばかりでなく、様々なヴァリエーションに発展し独り歩きを始めた。

施設に入ってしばらくすると、複数の悪夢と妄想が何度も繰り返され、それらは往々にして収拾がつかなくなった。戦場で人を殺したことへの罪障感がその上に覆い被さる。夢の中に私が殺した男の顔がいくつも出てくる。その中、最も頻繁に登場するのが、私が瀕死の重傷を負った最後の戦闘の時のあの男だ。

男は私を撃とうとしていたが、私が撃たれる一瞬前に私は彼奴を撃ち殺した。だから、私は生きて帰ってこれた。

殺された男の遺体がどのように処理されたか知らない。どんな名前なのか、どんな仕事をしていたのか、知らない。土塗れの顔の眼は上を向いていた。

あの男は死ぬ直前ニヤリと笑ったんだ。なぜだと思った。その刹那、爆発した。

私は〝ゾーン〟に立ち入って吹き飛んだらしい。地雷を踏んだのか？　あの男が仕かけた罠だったのか？　キーンという音がした。目が覚めた時、野戦病院のテントの中だった。

激しい戦いの中、私は戦友たちに助けられた。同じ部隊の兵たちは、私を助けることで高度な危険に晒された。無惨に負傷した私の身体《ボディ》は果たして助ける価値があったのか？

戦友Sが、四肢が断ち切られた私の胴体を背負って、塹壕の中を駆け巡り、衛生兵のところまで連れていってくれた。

本来なら黒のトリアージをつけられてもおかしくなかった。Sの勢いに圧され衛生兵は死地にいる私の出血箇所を止血し、モルヒネを打ってくれた。

私は野戦病院へ運ばれ、私の生命を蘇らせるための、十時間以上に及ぶ難しい手術を受けた。

私は戦友Sに礼を言いたいが、その後一度も会ってない。Sの生死すらわからない。

自発的隷従はやめようとあるオピニオンリーダーが訴えた。自分の国は自分たちの手で守ろうと正論を主張した。青年期特有の絶望を抱えている若者たちの間で、その正論は、圧倒的に正しい、たった一つの正解に思われた。

私は高校を卒業する直前、大学へは行かないことを決め、志願して入隊し、職業軍人の道を選んだ。その結果、高校時代つきあっていたガールフレンドとは自然消滅になった。

その後憲法が改正され安全保障体制は片務的なものから双務的なものへと転換した。それが真の同盟なのだと言われた。その後暫く経って、私の所属する部隊は同盟国が行っている作戦の最前線に投入された。

それは訓練ではなく本物の白兵戦であった。撃ちてし止まむ。私は初陣を思う存分戦った。

六週間戦闘作戦に参加し三週間の休みをキャンプで取るというローテーションが二回あり、部隊は帰国した。私は最初の任務を無事に終えることができた。

その戦争は長期戦が予想された。国は各連隊の歩兵部隊を順繰りに投入し、実戦の経験を積ませたかった。当然、戦死者が出る。訓練されたばかりの初年兵も少なからずいた。多くは徴兵された兵であった。

入隊して十年以上が経ち、いつしか私は実戦経験豊富な古参兵になった。ひたすら訓練あるいは「戦場と休暇」のローテーションを繰り返す。

卓越した下士官として認められ、私は昇進し分隊長に任ぜられた。上官として部下から慕われ、軍隊は居心地が良かった。

私には自分は死なないという妙な確信があった。それは後づけで言えば当たっていた。


施設の中は《天国》が約束されていた。一日のスケジュールはだいたい決まっている。運動や趣味など、一人一人やりたいことをやりたい時間にできるようになっていた。私の場合、図書館の読書室にいることが多かった。

読書好きは軍務で忙しくて読めなかった本を片っ端から読んでいく。私はそういう奴を横目で見ながら、写真集ばかり見ていた。

自分もこういう写真を撮りたいと思って、プロの写真家たちの写真をたっぷり時間をかけて、食い入るように見ていた。

管理栄養士が一人一人のコンディションにあわせ、きめ細かく配慮して作った献立を作成する。調理師が指示通りに食事《ミール》を作る。食事は可もなく不可もない。

食事と睡眠の時間は固定されている。二日に一度の入浴の時間はこちらの希望ではなく、施設側が決める。そして散髪は月に一度だ。

施設内で決まった時間割の生活をしていると曜日の感覚が失われやすい。だから、週に一度、週末には必ずイベントがある。

ロックのコンサートやクラシックの演奏会など、演目を選ぶことはできないが、一流の演奏家による優れた内容の生演奏を満喫した。音楽以外では卓球大会やボーリング大会がある。体にハンディキャップがあっても、楽しめるように工夫がなされていた。

私が好きなのはカラオケ大会だ。『北国の春』に自信がある。百回以上歌ったのではないか。

週末のうち月に一度は映画会がある。上映はだいたい施設内にある映画館で行われるが、夏期のみ野外にスクリーンを張って、椅子に座れる人は小さな木の椅子を地べたに置いて、車椅子の人は車椅子で、映画を鑑賞する。

外にいる時、叢を見て戦地を思い出す。夏の終わり草の中から虫の音が聞こえる。平和な地の夜風に当たるとホッとする。

私は社会から切り離されている。しかし、生活は保障されている。施設に入って間もない頃、この事実が私を戸惑わせた。

私は施設の中の人間であるが、しかし、社会人として日々立派に生きているんだという自覚を持とうと努力した。

戦争で働けない体になったのだから、社会の中で生産活動に従事することはできないが、生きていること自体が何かしらこの社会に役立っている、貢献していると信じたかった。

この施設で面倒を見てくれるスタッフの多くは看護師資格を持つ女性である。一人で二、三人を担当している。だいたい相性で誰が誰を見るかが決まってくる。人間関係がまずくなると別の人に交代する。

私は特に《問題》を起こさなかったので、お気に入りの人がずっと担当してくれた。

彼女の名はミュウさんという。本名かどうかは知らないが、みなそう呼んでいる。彼女は背が高く細身でスタイル抜群、しかも女優並みの美人だ。男なら誰もが憧れる女性だと思う。

私は一目惚れしてしまった。けれども、そのことは決して口に出して言えない。それは暗黙のルールだ。

美人看護師が私の身体《ボディ》をきれいに洗ってくれる。

入浴の時間はカーテンに仕切られているブースの中、二人きりになる。

私の両腕両脚は根元に近い所から失われている。ミュウさんはこの体の汚れが溜まりやすい箇所を中心に、丁寧にシャボンを泡立てて、スポンジで垢を落としてくれる。

戦場は言葉にならない恐怖の連続だった。戦闘はいつ終わるのか見当がつかない。経験の浅い新兵なら四時間ほどで負傷兵になって使えなくなるか、ショックで二、三日動けなくなる。

非人道的な犯罪行為がいくつも同時多発的に起きている。平和な時空とはまるで異なる。

戦時国際法は実際あってないようなものだ。敵を殺す時は何でもありだ。死人に口なし。言い訳ならどうにでもなる。

砲弾の雨あられを浴びた私の背中からは、目に見える鉄やアルミなどの金属片はきれいにピンセットで取り除いてもらったが、取り切れていないごく小さな破片や無数の金属粒子はそのまま体のそこかしこに埋め込まれている。

そこには人体に有害な重金属や化学物質、放射性物質などが含まれている。そのような「毒」は時間をかけて浸潤し、私の残った体を蝕んでいく。

それは「古傷が痛む」どころの話ではない。重たい鈍痛が言いようのない苦しみとともに永続的に続く。私の身体《ボディ》全体が腐っていき、最終的に、不法投棄できない死体《ボディ》になるのだろうか。

負傷する以前の自分には、「毒」が撒き散らされた戦場にあっても大丈夫という、根拠のない確信があった。ある日、大丈夫という信仰は呆気なく崩れ去り、私という存在は生き地獄へ堕ちてしまった。

私専用にカスタマイズされ口で操作できる電動車椅子は、所詮車輪で動く乗り物であって、脚のある動物の歩行のような、臨機応変に対応できる動きは不可能である。

私の体は江戸川乱歩の小説に登場する「蜘蛛男」のようだ。もし蜘蛛型ロボットを装着し、八本の脚を獲得できたら、床だけではなく壁や天井も思いのままに歩きまわることができるだろう。

しかし、将来どんなに便利で快適な機械が開発され、それが実在したとしても、そのロボットに私の身体《ボディ》をセットするのは誰なのか？　どこまでも誰かに頼らないと生きていけない。

背中が痒い時、顎でボタンを押して人を呼ぶ。痒み止めのクリームを塗布してもらう。ありがたいと思う。

二人がかりで車椅子を下ろされ、私のために特別に作ってもらった入浴用の椅子に据えられる。ミュウさんは両腕両脚のない体を細長く美しい手で手際よく洗ってくれる。ミュウさんを見ていると、惚れ惚れとした気持ちになる。

その日は特別にローションをお願いした。

満足した私はミュウさんの優しさを誤解し、特別な感情を抱いた。

ある日の入浴時間、ミュウさんにアレを頼んだ。ミュウさんは厭がる顔を一切見せないで、私の毛髪と体を丁寧に洗ってくれた。

終わった後、私は彼女に自分の気持ちを打ち明けた。そして結婚を申し込んだ。

するとミュウさんは言葉を発しないまま、長い時間ハグをしてくれた。

ミュウさんの体の凹凸が、生きて、ここにある私の体にじかに伝わってきた。私は自らの生存の証を、ミュウさんの鼓動する心臓と波打つ動脈を通じて再確認することができた。

十分くらいだろうか。ずっと抱き締めてくれたので、私は気が動転し、すっかりのぼせてしまった。もう一人がブースに来て、私は二人がかりで車椅子に乗せられた。ミュウさんではない方がコントローラー操作し、私の車椅子を移動させた。

以来、私はミュウさんに会っていない。

私の求婚についてイエスなのかノーなのか、ミュウさんははっきり意思表示をしないまま、私の前から消えてしまった。

私は意味がわからなかった。最初の四、五日は期待があり、一週間を過ぎると希望と絶望が交互に訪れ、半月くらい経つと二人の関係が何となく終わっていることに気づいた。

一縷の望みを捨てきれなかった私は、大分日が経ってから、ヴェテラン看護師のQさんに、ミュウさんの消息を尋ねてみたが、知らんぷりされた。

「ミュウさんに伝言をお願いしたい。どうして会ってもらえないのか教えてほしい」としつこく頼んでみたが、なしのつぶてであった。

三ヶ月くらいすると、わりと若手の看護師が「ああ、ミュウさんなら、別の棟で仕事していますよ」と漏らしてくれた。どうやら配置換えがあったらしい。

二度と私の前に現われなくなったことは、どうしても納得いかなかったが、半年くらい経つと、ここでのルールがどういうものなのか、だんだんわかってきた。

施設内での「初恋」は誰にも起こり得ることなのかもしれない。だから、どう対応するかはすべてマニュアルによって決められている。人づてに聞いた話によると、ミュウさんは既婚者であった。

もっと後になって、看護師と入所者の結婚は原則禁止だとわかった。例外的な事件がまれに起きることもあるが、その場合、看護師は軍を退職し、入所者はここを退所しなければならない。

「ナイチンゲール症候群」の代償が現実の生活の中でどれほど厳しく過酷なものなのかを、新人看護師は先輩から念入りに教え込まれるそうだ。

軍に所属する看護師は常に規律ある態度が求められている。ここはあくまでも軍の施設なのだ。

看護師には士官の者と下士官の者がいるが、ミュウさんは四年制の国軍医学校の看護学部を卒業した士官であり、配偶者はどうやら医官であるらしい。

そういえば、ミュウさんは白の薄いカーディガンを羽織って、階級章を人目につかないようにしていたが、薄地の布に透けて見える階級章の形と色から、彼女が士官であることはなんとなくわかっていてしかるべきであった。

私は自己の誤解に基づく感情的な不規則発言を恥じ、己れの認識の誤りを訂正し、このことに終止符を打った。


夏の終わり、その日は年に一度のお祭りであった。

裏に広い空き地があり、サーカス団がテントを設営し、私たちのグループは電動ではない車椅子に乗せられ、所定の位置に置かれた。松葉杖で動ける者らは、自力で歩いて自分の席に着いた。

ピエロが出てきて、挨拶をしたかと思ったら、次から次へと出し物が出てくる。飾りをつけた馬がクルクル同じところをまわっている。馬の上に女がいて、曲芸をして見せている。脚部をVの字に開いて、股間をアピールしている。眩しい。

私は思わず身を乗り出そうとした。〝エロス〟を感じた女の体を近くで凝視したいと思った。

再びピエロが出てくると、わざと失敗して笑いを誘う。ピエロは場面転換の合図だとわかる。

最後、空中ブランコがあっちへ行ったり、こっちに来たりする。網が張られているが、見者の真上の空を飛んで宙返りする。演者の体の熱と汗の飛沫がそのまま伝わってくる。

演目が終わると演者も見者も、みな等しく昂揚している。上気し少し汗を掻いた。興奮から冷めない私は、順次「回収」の番を待った。

部屋に戻された時、気持ちは落ち着いていた。汗も引いて下着を取り替えてもらわなくても良いと感じた。

私はベッドに横たわり、灯りの消えた天井を見つめていた。煙草の煙によって生じたと思われる、波の模様のような天井の染みがいつもより気になった。

朝起きると、私は職員たちに優しく扱われていることに居心地の良さを感じるようになっている自分が、果たしてこれでいいのかどうかと自問した。それはまさに飼い馴らされている証拠であった。

だから趣味に没頭した。

私は失恋の後、園内の花の撮影に熱心に取り組んだ。

雲台のついた三脚の上にデジタルカメラを取りつけてもらい、マクロレンズで花を近接撮影する。

助手が設定した画面を確認し、リモートシャッターを顎で押す。私のカメラ撮影は人の手を借りる必要があった。

施設内のコンクールで何度か優勝した。金賞を取った写真を額に入れてもらい、自室に飾った。

施設外で展覧会が開かれ、私の作品は市民に公開された。

テレビを見ていた時に、見覚えのある写真が映し出され、思わず声を発した。

それは、傷痍軍人が撮影した写真を紹介する、地方のテレビ局が制作した、ニュース番組であった。

VTRは好意的な取材によるものであったが、映し出された写真には曰く言い難しの物悲しさがつきまとっていた。

それが趣味のピークだったかもしれない。

その後数回、写真撮影会に参加し、展覧会に作品を出品したが、次第にそれは自分の意志でしていることではないことに気づいた。

ヤラサレテイルンダ！

部屋に飾られている額に入れられた写真は、思い出作りの〝成果〟にほかならない。

金賞を受賞した写真を額装してもらい、両親に一度送ったことがあったが、返事は来なかった。

私が死んだら作品はすべて廃棄されるだろう。私が撮影した写真を遺品として受け取る者はこの世に誰もいない。

月日が経ち、楽をしていたらわやになるという気づきが何度か訪れたが、心地良さの中に安逸を貪ることが、ただただ幸福であると思えるようになっていった。

そして次第に何もしなくなった。何もすることがなくなったのだ。写真を撮らなくなり、新聞を読まなくなり、毎日ただボーっとしてテレビを見ている人になった。

比較的若かった頃は《悟り》の時がいつか来ることは何となくわかっていたが、

それはまだまだ先のことのように思えた。

寝て起きて食事してテレビを見る。その繰り返しだ。このまま沈んでいく方が楽だし、枯れていくことに何の抵抗も感じられなくなった。

これは、諦めて受け入れるということなのか？　諦めるには直前に選択肢という希望があったはずだが、そんな希望は始めからなかった。

自らのありようが、あるがままに放っておかれて、干からびて死んでいくだけなのだ。

ああ、なるほど、と思った。


第一の絶望は、軍の病院で意識を取り戻し、両腕両脚が失われたことがわかった時だった。

第二の絶望は、突然父と母が見舞いに来て、弟が後継ぎになったことが告げられた時だった。

第三の絶望は、ミュウさんと結婚する夢が無惨に打ち砕かれた時だった。

その後の絶望は覚えていない。

この施設のメンバーは一人一人異なる《絶望階段》を上がっていくようだ。

そして、ついに上り詰めると、最後に《悟り》が来るらしい。

その時、自分が死ぬ近未来が、判然としない状態のまま感じ取れるという。

一日中テレビを見ている人になってから、どれだけ時間が経ったのか。鏡を見て、自分が、胡麻塩頭の老人だと知る。

父が死んだという知らせがあった。職員から聞いたはずだったが、いつどんなタイミングで聞いたか、思い出せない。

死因や死に至る経緯についての詳細は何も知らされなかった。父が死んだのに、家族の誰一人として伝えにくる者はいなかった。

施設の中は平和で何も起こらない。私は思い出を反芻するだけで事足りると思うようになった。


いつの頃からか触らなくなったカメラは、誰かにあげてしまった。私がここでできることは、やり尽くしたように思えたからだった。

恍惚の人になることは、好ましくないと、本人が一番よくわかっていたはずだが、テレビを見るともなく見ている時間の、半分眠りながら過ごす悦楽が、得も言われぬものとして、気持ち良いのであった。

私は、以前存在していた、自分で自分を律し、軍に忠誠を尽くして生きる軍人の自分とは、全く別の人間になっていると思った。

しかし、もう元に戻ろうとは思わないし、元に戻ることはできそうもなかった。あるがままの自分を肯定的に捉えるようになっていた。


眠剤で深く眠れる時間は良かったが、長くは続かず、眠りが浅くなると、よく夢を見た。

夢は、戦場と病院のシーンがほとんどであった。同じような悪夢を何度も何度も見ることになった。

果てしない殺人の修羅場と半死半生の苦しみの悪夢が無限に繰り返された。最初それは吐き気を催すほど辛かったが、私が絶望の度合いを増して、ギリギリのラインを低空飛行するようになると、悪夢というものは見ることがあっても、だんだん抽象化され許容し得るものへと変わっていった。

重傷を負った私は、野戦病院の集中治療室の中で、極度の痛みのために長時間意識を失っていたが、目が覚めて激痛を感じた時、苦痛の極みの裡《うち》に、自己の生命の存在を本能的に察知したのだと思う。

戦場では、自分が生き残ることが何より重要であったが、病院のベッドでは自分が生き残るための努力を、戦場のようにしなくてよかった。

四肢は失われていたが、眠りの中、手と足はなくなっていないと、ずっと思い込んでいた。両腕両脚の大半を失ったことに気づいたのは、意識を取り戻して一週間以上過ぎてからだった（たしか、外地から内地の病院へ移されてからだと記憶している）。

薄らわかってても認めたくなかった。やろうとしているのに、あるべきものが失われ、できないと知って、絶望の極地へ追い込まれた。

しかし、今、施設で十分過ぎるほどよくしてもらっていると、その決まり切った物事の進行の中、自らの体が自然な形で順応し適応していくのであった。そして、それは一面喜ばしいことではあったが、見事なまでに適合していく自分の身体《ボディ》に関して、私はニヒルなおかしみを禁じ得なかった。


それから長い長い眠りの期間が過ぎた。

夜、寝ている時に、戦場での恐怖体験が、あの世のことのように甦ってくる。地獄に堕ちた私は、ゾンビゲームのように何回も何回も殺される。

戦場で犯した罪ゆえに、敵の復讐のために、最高の恐怖とともに、私は永遠に殺され続ける。地獄の世界は現実の戦場に比べたら、比較にならないほど天国だ。恐怖の真っ只中、殺されることが倒錯的に嬉しくなった。

魘《うな》されている時は敵を殺す時だ。憎しみはないが、殺さないといけない。

少年のような若い兵を殺したことがあった。銃剣で突き刺した。止めを刺すために、至近距離から自動小銃で頭を撃った。頭部は砕け、返り血を浴びた私の軍服には鮮やかな色の血が染み込んでいった。

さっきまで美しい少年だったが、もう誰か判別できない。

私は醜悪な生き物だった。醜悪になることで、辛うじて自分が戦場で生きることをつないでいた。

意識が途切れ途切れになる中、比較的明瞭な記憶として思い出せるのは、戦場の体験しかなくなった。

苦しみの記憶が、今、かろうじてここに生きている者の、生きるための糧になっている。

私はオシメをつけられ、夜トイレに行かなくなった。そして、別の棟に移された。

記憶はさらに切れ切れになっていく。不意に戦友のSに会いたくなる。礼を言いたい。

意識の外から甦ってくる記憶がある。一方で、思い出せないこともたくさんある。ぼんやりと気になっていることを思い出そうとすると、思い出せない。

世話をしてくれている人の顔がわからない。

「もしかしてミュウさん？」と尋ねても、「違います」と言われる。

名前を聞くといつも別の名を言われる。

もう名前はどうでもよくなった。

弟夫婦が見舞いに来たようだが、その時、誰だか、よくわからなかった（後になって薄ら思い出した）。

その後、二週間ぐらいか、それとも二ヶ月ぐらいか、よくわからないが、寒さの中で、壊れたアンドロイドのようになった私の体は、呼吸を停止し、心臓を停止した。

私は宙空にあって、戦場で傷めつけられ、四肢を失った一人の英雄の死体《ボディ》を眺めていた。

作家と姪

美術志望の高校生なら誰もが憧れる都下にある私立の美大を出たという慧子さんは、彼女の伯父である作家・宮原ススムの古くて大きな家で、身のまわりの世話をしながら絵を描いて暮らしている。武家の時代に造営された古刹が多く残る古い都は絵の題材に事欠かない。

私は遅れている原稿を朝一番に作家の家まで取りに来た。

初夏。インターホンを押して敷地内に入った私は鍵のかかっていない玄関の引き戸をおもむろに開けると、玄関脇の木枠を爪を立てて登っていく大きなリスがいるのを見た。

「あともう少しで原稿ができあがる予定だが、どうしてもあと半日かかる」と作家に言われた。

一度社に帰ってまた取りに来るとなると、社にいられる時間は二時間を切る計算になる。フクヘン（副編集長）に電話して夕方までここにいる許可をもらった。

慧子さんはいつも来客用の和装なのだが、今日は普段着であった。

「ねえ、天竺さん、スケッチに行くからついてきてよ」と慧子さんに誘われ、いっしょに出かけることになった。


慧子さんは絵を描くのが本来の〝仕事〟なのであり、よく写生をしている。しかし「絵は売れたんですか？」という質問は禁句だった。

私は組み立て式のイーゼルと日本画用の絵の具一式が入った道具箱を持たされた。ハイキング用の帽子をかぶった慧子さんは、専門の画材屋さんへ行かないと買えない大きくて分厚いスケッチブックを片手に持ち、私の前をスタスタと歩いて先へ行った。

急な坂になっている小高い山の径を登っていく。それは林というより藪の中を潜り抜けて行くような細い道だった。

細身の慧子さんはジーンズ姿がよく似合う。私は踵の潰れた革靴なので山登りには不向きだ。額に汗を掻いた。ジャケットを脱いで片手で持ち肩にかける。もう一方の腕で絵の具セットとイーゼルを抱えている。片腕だとさっきより重く感じられる。手が痺れてきた。

「慧子さん、もう少しペースを緩めていただけませんか」私はゼエゼエ荒い息をしながら懸命に訴えた。古都を案内してもらえると思ったら荷物持ちにさせられた。とんだお笑い種だ。

だが、慧子さんは獣しか通らないような山の道を同じペースで登り続けた。私は道に迷ったら出られなくなるという恐怖心から、慧子さんを見失うまいとして必死に後を追ったが、とうとう姿が見えなくなった。


クルブシ山の、平らで樹木が景色を邪魔しない、絵を描くには恰好の場所にたどり着いた。この山頂から見渡すと、浸食によって生じた山稜が折り重なって見える。

波打つような形の山々が連なる大地が眼下にあり、その向こうに海が見える。この海を見るためにこの高さまで登ってきたのか。慧子さんの立てた今日の〝プラン〟がようやくわかった。

その高くはない山々の上に、海と空を分かつ一直線の水平線が広がっている。晴れた日の太平洋は明るくさわやかな群青にコバルトブルーを少し混ぜたような色で、その空は文字通り紺碧なのであった。

「市場へ行くとどのお野菜にしようか迷うでしょう。『私を買って』って言ってくるのを選ぶとたいてい美味しいの。風景も『私を描いて』って言ってくるのよ。それをよく見て描くの」と慧子さんは私に軽快に語りかける。まだ息切れが続いていた私はウン、ウンと頷くのがやっとで言葉を発せられずにいた。

「ここ、わたしのお気に入りなんだ。秘密にしてね。観光客は滅多に入ってこないの」

慧子さんは自慢を口にする時、上を向く癖があった。

「この風景は有名な日本画家が描いた絵に似ていませんか？」

「うーん、東山魁夷先生の『残照』のことを仰っているの？」

「ああ、たぶん、それです」

「そうね、『残照』は手前の山々の向こうに白い山脈が見えるけど、ここは海と空が見える。色合いも違う」

慧子さんは無言になり、複数の絵筆を取って色を重ねて塗っていく。早い。技術があるからだ。

微かにベージュに見える紙の上に、今度は木炭によって淡い輪郭を描いていく。そこへ水と膠《にかわ》で溶いた顔料を載せていく。

目の前に広がっている、山の頂から見える景色が、海から引き上げられた軟体動物の発光体のように刻々と色彩を変えながら、画紙の上に浮かび上がっていった。

天上の鳶が海岸近くをまわりながら飛んで啼いている。真下の人々の食べ物を狙っている。人間の生活は半野生の動物に存外脅かされている。

何事も手早く処理する慧子さんはこの場所に着いてから三時間ほどの間に、七、八枚の画を描き上げた。もう三時近い。４Ｂの鉛筆でサササッと線を引いて描いた最後のラフスケッチには色を塗らずに、スケッチブックをパタンと閉じてしまった。

道具を片づけ「行くわよ」と言って慧子さんは山を下りていった。私は草の生えた地面に残された荷物を拾い上げ、ついていくほかなかった。

慧子さんは平地に着くと「カフェに行きたいな」と思い出したかのように、少し甘えた声で私に言った。

「美味しいケーキがあるの。奢ってよ」

慧子さんは横に並んで歩くことを知らない。ひたすら先をスタスタ歩いていく。ある著名な建築家が街区ごと設計したことで知られる駅前の店々の前を通り、そこからクルマが通れない手掘りのトンネルを抜け、奥の方の崖を上がる急傾斜の径を慧子さんは登っていった。そして、日本海に面しているある寒村から移築された古民家を改装して作った、こじゃれたカフェに一目散に入っていった。

使い古されてはいるが肌触りのいい本革の高級ソファに座る。見上げると百年以上前に建てられた屋舎の太い梁がある。

私は去年収穫されたフランス産の栗で作られたモンブランを注文する。慧子さんはこの店で一番人気のフォンダンショコラを注文する。どちらも近所にある有名洋菓子店のパティシエが作っているオリジナルだという。

アルバイトの女子高生が丁寧な受け応えをし、向きを変えて少し大きめの張りのある声で客が注文した品を厨房に向かって復唱する。

「あの子高校で演劇やってるから声が通るの」と慧子さんは静かなカフェの雰囲気を台無しにされたと思っている私に説明する。私は慧子さんから目を逸らし、メニューに記された値段をチラッと見て安心した。これなら飲み物代込みでも何とかなりそうだ。

「日本画家も伝統と海外からの影響の板挟みになる人が少なくないけど、しっかり基礎を学んでいる人は〝世間〟の悪い風潮に毒されないものなの。洋画の人たちは、ヨーロッパに留学することが画壇で認められるための第一歩みたいな時代がかつてあったけど……」

慧子さんは心の中で考えていることをそのまま言葉にすることがあった。

「岡本太郎先生はパリに留学されたんですよね」

慧子さんは「そんな質問わたしにしないで」と言わんばかりに、コップに口をつけて水を一口飲んだ。

「天竺さんは岡本太郎さんがお好きなの?」

「はい。父が一九七〇年の大阪万博に連れていってくれまして、太陽の塔をこの目で見て、岡本太郎先生のファンになりました。部屋の中にレプリカを並べて楽しんでいます」

「そう、いいことだわ。美術はいろんな楽しみ方があっていいの。楽しむ人に決めてもらっていいのよ」と慧子さんは言ったが、それが本心かどうかはわからなかった。

慧子さんは発話するために必要な熱が急に冷めて無口になった。目の前にいる私が知らない人だというような顔になった。この人は時々あちらの世界へ出かけてしまう。

ウェイトレスがテーブルの上にコーヒーとケーキのセットを静かに置いていくのを、慧子さんは首を傾げて、それが彼方の出来事か何かのように見やっていた。「ありがと」と十歳の少女のような声で慧子さんは言うと、アフリカから取り寄せた特別のカカオ豆で作られたチョコレートのケーキを食べ始めた。小さな幸せを味わうように食べている。

私もモンブランをいただく。なるほど美味しい。そしてコーヒーをいただく。ドリップは紙《ペーパー》じゃなくて布《ネル》だ。豆の風味が損なわれずに伝わってくる。

慧子さんは私が気づかぬうちに皿の上のチョコレートのケーキを平らげてしまった。そして肩にかけていたポーチから外国製と思われる煙草を取り出し、その葉を薄紙の上で形がまとまるように指で整えた。芋虫のような煙草の葉を、今度は丁寧に薄紙で巻いて舌で隅を舐めて濡らし、紙と紙を重ねて貼りあわせた。

米軍兵士がヴェトナム戦争で使っていたというナフサが燃える臭いのするライターで火を点け、市販のものよりかなり太い、自分で巻いた紙巻煙草をスパスパと吹かし始めた。慧子さんは煙草を喫むのではなく、蒸気機関車のように勢いよく煙を吐き出して周囲を煙だらけにした。


絵の具が染みついた手で根元近くまで吸った吸い殻を灰皿の上に押し当て、それを指を捩るようにしてギュッと潰した慧子さんは、じっと私の眼を見て、あちらの世界からやってきたもう一人の自分に作家・宮原ススムについて饒舌に語らせ始めた。

「伯父は高卒で外国語が全然できなくて、俗に言う『私小説』作家になったんだけど、書けるネタはすぐに底を尽いて、創作に行き詰まっていわゆる背徳ものや変態ものを書くようになったのね」

慧子さんは赤膚焼《あかはだやき》のコーヒーカップを両の掌で抱くように持った。カップの縁に唇をつけ、冷めかけているコーヒーを少しずつ啜って、子どものような仕種をして飲んでいた。

さっきまでケーキを包んであった薄いアルミ製の型が食べ終わったケーキ皿の上に丁寧に畳まれている。それは自分がしたことではないとでも言いたげな目で彼女は見ていた。

「外国語ができるエリートの作家さんは、外国語で書かれた話題の文学作品を読んで、いろいろ参考にして、それを自分の作品に反映して書いていくの。最新のトレンドを翻訳が出まわる前に書けるのよ」

冷めていたが上品で豊かな味わいのコーヒーを飲み干すと、慧子さんは初夏の湿り気を帯びた陽気に心持ち上気して朗らかな納得顔になった。大人の女性には余所行きの顔と、内輪にしか見せないリラックスしている時の顔の二種類がある。

「伯父は、エリート作家さんみたいな高級な『芸』ができないから『私小説』の枠の外に出られなくなっちゃったの。書くことがないからスキャンダルを売りにしたのよ」

担当編集者ならそんなこと言われなくてもわかっているが、慧子さんの認識を確認するために私は聞き役に徹した。

慧子さんが伯父である作家について語る場合、小説家という職業に対して侮蔑に近い感情が潜んでいるように感じられた。

そして私は宮原ススムがかつて書いた小説を思い出した。


そこには、まだ少女であった姪を犯す伯父が描かれていた。少女は嫌がると思ったが、嫌がらずに受け入れる。実は小学生の時、実父が既に犯していた。少女は自分が生きていくためにはそうせざるを得ないのだと思い込まされていた。離れの独立した部屋に住まわされたのも、それが目的だった。伯母は知っていたが、伯父の犯罪をずっと黙認した。

少女が伯父の家に預けられたのは中学生の時分だった。その後高校に通い、卒業後単身都会に出て建設会社の経理担当事務員になった。そこで社長の息子に見初められた。

実父と伯父以外の男性と初めて寝た女のアパートに毎週末、御曹司が通ってくるようになった。

女は意を決して自分の過去を男に告白する。男は〝伯父〟を殺しに行くと心に決める。短篇はそこで終わっていた。

女は〝伯父〟のことは恋人に話したが、父親のことは話さなかった。私はそういうものかと思った。

この小説のせいで慧子さんがモデルじゃないかと噂されていた。

「最初私が宮原先生を担当する時に、バックナンバーの作品をいくつか読んだんですけど……その中に伯父が姪っ子を犯す作品があるでしょ」

慧子さんは眼を細めて「その話するんだ」という顔をした。

「あの作品、ウソなんですよね」

私はモンブランの土台になっている部分を口に入れモグモグ咀嚼していた。

「当たり前でしょ。そんなことしたら警察沙汰になって作家を続けられなくなるに決まってる。愛人と同棲していたことがあったのよ。その人は三十代なのに中学生のように見える人だったって母に聞いたわ。その愛人をモチーフにしてペドの話を書いたのよ」

慧子さんは上品に喋る時と、怨念の塊になった悪霊が憑依したかのように下品で粗野な語り口をしてみせる時があった。

「道徳的にいけないとされていることは何もしていないわ」

慧子さんはあたかも自分に言い聞かせるように枯れた小さな声で呻くように呟いた。

ちょっと考えたらわかることだが、慧子さんはまだ生まれていない。生まれる前に書かれた近親相姦の虚構が存在し、設定が似ているということで慧子さんは疑いの目で見られているのだ。

「誤解されることは厭だけど、誤解も含めてビジネスなのよね。伯父さんそれで御飯を食べてきたんだから、読者に何を言われても我慢しないとね」

屋根裏の天井を漂う薄い煙のような実体のない声で、慧子さんは俯いて諦めた者だけがわかる紋切型の科白《セリフ》を口にするのであった。

何度も繰り返された悪意ある質問、その受け応えをまたさせてしまった。「踏み込み過ぎた」と思った瞬間、話題を変えるべきであった。

昔書かれた宮原ススムの小説には猥褻、変態、背徳など様々な性描写がよく出てきた。中には猟奇的なものや性加害に相当するものもあったが、書かれたことと現実の生活の間に何の関係もなかった。

虚構の登場人物があってはならないおぞましい非道な行為を繰り返す。主人公にとっては官能であり被害者にとっては地獄であるが、それらはすべて作家のイマジネーションによって創り出された虚構なのであった。

出歯亀的な好奇心が生み出す、屈折し歪んだバイアスの力を常に受けている。読者の判断に任せられた部分において延々と読者の疑念の対象にされてしまう。

「伯父さん、愛人さんに逃げられて身のまわりのことで不自由してるって……今はもう問題作は書いてないって聞いたから、伯父の家で住み込みとして働きながら絵の修業をしているの」

言い訳をするかのように慧子さんは早口で言ったが、修業という言葉を使う時、顔の表情が一瞬きりりと引き締まった。

「どうして日本の国って、日本を表現することがこんなに難しいのかしら。とっても不思議でならない。自分たちが理想とする空想上の〝ヨーロッパ〟があって、未だに芸術の基準がそこにあるみたい。自分たちのことを自然な形で素直に表現することが禁止されているような気がする」

慧子さんが一人で悩んでいたことがようやく見えてきた。下種の読者もいる中、作家は本当に伝えたいことを表現しなくてはならない。

しかし作り手の意図は伝わりにくい。カネを出せば期待通りのものが手に入ると考える受け手も少なくない。

露悪趣味のエログロであれ、高踏派の〝ヨーロッパ〟であれ、お客様第一のやり方が創作を歪めていく。

+++　　　+++　　　+++

「いい絵が描けたかい」と睨み柱のある玄関にぬっと現われた宮原先生が慧子さんに話し掛ける。慧子さんは角が先生に当たらぬように気を配りながらスケッチブックを開いて、今日描いたばかりの日本画の下絵を作家に見せた。

玄関には大きな振り子時計が据えられ、その振り子が発条の力によって左右に動いて時を刻んでいる。人の声が聞こえない間、振り子の音が玄関に響いていた。

「ああ、アキレス山の上から海の方を描いているんだな。なかなかいい絵じゃないか」

クルブシ山は地元の人の間ではアキレス山と言われるようだ。元来踝とアキレス腱は別のものだが……。地元の人しか知らない地名がわかるかどうかで、話し相手が地元の人か他所の人か見わけがつくらしい。

慧子さんの絵はチラッと斜から見た感じ、特に秀でていて魅力を感じることもない、まだまだ上手な素人の絵の範囲に留まっているように思われた。
私にも完成された作品を見せてくれるのかと思ったが、パタンと閉じて部外者が閲覧することを拒絶した。先生の前で私はここにいない人間のように扱われた。

作家から約束通り原稿を受け取った私は、呼んでもらった地元のタクシーに急いで乗って駅へ向かい、帰りの電車に乗った。この時間なら本日中の入稿が可能かもしれない。締切の時間を腕時計で確認する。「大丈夫だ。まだ余裕がある」自腹だが奮発してグリーン券を購入した。指定席に座ると、ホームで買った缶ビールを開け鯵寿司を頬張る。車窓から夕焼けの空が見えたと思ったら、トンネルを潜って夜の沿線の景色になった。人家の灯りに救われたような気持ちになる。
原稿を最初に読む私は編集者としての優越を感じる。都心へ向かう電車の中で読んでいる手書きの原稿は、作家の若い時の思い出にまつわる『私小説』であった。

主人公の青年は高卒で上京。都会に出て新聞配達をする。空き巣被害に遭う。

集金のカネが盗まれた。店は冷たく盗まれたカネは主人公が弁済させられる。やってられないと思っていたら実家から電報が届く。

高校の新聞部の後輩が自殺したことと葬儀の日程が記されていた。配達所の所長に頼んで休みをもらう。夜行で故郷へ向かい朝方着く。実家に寄って喪服の代わりに詰襟を着る。葬儀会場へ。


後輩は俺が高三の時、高一だった。口角泡を飛ばして議論することが好きだった部員の中にあって、物静かな性格で印象の薄い奴だった。ただ、先輩の議論を黙って聞いていたのは記憶にあった。議論を闘わせるための議論を真に受け、この社会の矛盾にまっすぐに向き合い、結句自殺したのなら、責任の一端は俺たちにもある。そのような漠然とした思いが焼香の時過った。

出棺を前にして元部員たちとともに、死に顔を拝ませてもらった。穏やかな死ではないことが見て取れた。死の直前の懊悩煩悶の跡が静止した顔に刻まれていた。

正午霊柩車が葬儀場を出ると、親族以外散開した。「駅まで送ってやるよ」と元部長に言われた。今日中に帰らないと明日の朝刊の配達に間に合わない。俺は学生服のまま黒のショルダーバッグを肩にかけ車に乗り込んだ。

「高山君は高三になって、地域の原発建設反対運動に参加するようになった。外から応援に来ている者の中には、学生運動上がりの過激派が交じっていると噂された。そのため顧問と親から反原発は絶対にいけないと厳しく禁じられ、悩んだ末に首を吊って自殺したそうだ」


この短篇は途中から物語の筋から逸脱していく。どうしてなんだろうと思った。

不自然で人工的なものによって、常に思いが搔き乱されている。人々の心は何か強い力によって追いまわされるように操られ、無意味で無自覚な踊りを踊らされ続けている。

我々が属する機構秩序《システム》の中では、自分というものは消されてしまい、「公」

というものへ奉仕することのみが求められている。この機構秩序に向かって反抗することは絶対に許されない。

しかしそれでいいのか？　競争ばかり強いられて、人間らしさを失って、少しばかりの豊かさなるものを手に入れ、自分より〝下〟の人間を見下して満足する。

現代は無理に無理を重ねて人工的な文明を築き上げてしまった。それは一見便利で快適であるが、利益を追求すればするほど、人間も社会も軽薄になり非人間的存在になった。

一種の文明論のつもりだろうか。小説の範疇を超えている。

開発独裁のマインドコントロールから離脱し、自然環境と共生しつつ、物質とエネルギーが循環して、絶妙な按配で均衡を保ち、諸個人と家族と地域の調和を尊重し、人間どうしの争いや搾取、憎しみ合いをやめて、この社会を「人類共同体」として永く続くものにすればよいのに、それができずにいる。

直観的に現代文明はそう永く続かないと思う。

現代国語の授業で読んだ大家の手に成る文明批評を彷彿とさせるが、今更「自然へ還れ」のスローガンを掲げられても、多くの人々は、便利で豊かな生活を選択し続けるだろう。

「人間死ねば無責任で死ねる」

それが自死を選択した高校生の遺書に残された言葉だった。ほかに何もない。

別に自殺をしなくても死ねばみな無責任だ。後始末は残された人々に強制的に託される。未来の人々が過去の人々の災禍を背負いこまされる。その〝義務〟を引き受けるのが厭なら拒否したってかまわない。何もかも抛擲し、ほったらかしにして逃げてしまえばいい。

生きている人間は自由だ。我武者羅に私利私欲を求め続ける。しかし、それが厭だったんだ。あいつは耐えられなかったんだ。そういう無責任のすべてに対する抗議の自死だった。

「死ねば無責任」だとして、それに対する抗議が自殺なのか？　それは論理的におかしくないか？　一種の逆説に基づく幼稚な手法に思われた。

遠い未来から現代に生きる人々を見たら、いったいどんなふうに見えるだろうか。

我々は欲望優先で突っ走った。あまりに人工的な文明を急拵えで、しかも安普請で造り上げた。長期的見通しもなく後は自滅するだけじゃないか。

私は作家の過度なペシミズムをどうかと思った。これじゃ成熟した読者はついていけないし、未熟者は将来の展望を抱けないまま鬱屈させられる。行き着く先は自暴自棄かカルトしかない。

印刷所へ直《ちょく》で持ち込むつもりだったが、駅に着くなり編集部に電話をして、一旦社に戻って原稿をフクヘンに読んでもらうことにした。

「最後の最後の握りっ屁かもな」とフクヘンは鼻でニヤリと笑いながら読み終わった原稿をデスクの上に放り投げた。私はボツか書き直しかフクヘンの判断を待った。

翌日出社すると編集部はザワついていた。

「宮原先生、亡くなったわよ」

桂子さんは挨拶もそこそこに私の耳元で囁いた。

「天竺！　アレ遺作になったから、そのまんま掲載するよ。印刷所へ持っていってくれ」とフクヘンは奥のデスクから私に指示した。

「カツラコ！　表紙と目次の差し替え原稿作ってくれ、至急！」

桂子さんは文芸部の入口に立っていた私に原稿の入った封筒を渡し、いっしょにエレベーターに乗って一階までついてきてくれた。

「宮原先生お風呂で倒れられて、慧子さんが救急車呼んだんだけど……病院で死亡が確認されたって……」

桂子さんは薄ら涙を浮かべ声が裏返っていた。享年五十九歳。まだ若い。

葬儀の喪主は慧子さんの父である宮原ススムの弟が務めた。宮原は家族のいない男であったが、お通夜は作家稼業ということもあり、作家仲間や編集者などが大勢集まった。しかし宮原の昔の〝女〟は誰も来なかった。

焼香の際、私は献花が並ぶ祭壇の上の遺影を見上げた。写真屋で予め撮影されていたと見られる白黒の肖像写真は、醜聞作家のイメージからかけ離れていた。

僧侶が白木の位牌に毛筆で記した戒名は「信士」ではなく「居士」であった。

寿司と天麩羅、ビールとウイスキーが振る舞いとして用意されていた。滅多に顔を合わせない作家先生たちは仲間どうし同じエリアに適度な間隔を空けて座り、言葉少なにビールをグイグイ飲んでいた。

死への畏怖と生への諦念が、渾然とした気魂のようなものになって、その「場」を覆っていた。

我々編集者は懇意にしている作家先生にビールを注いでまわり、早目に切り上げた。
私は告別式には行かなかった。桂子さんが社を代表して一人告別式に参列した。式ではフォーレのレクイエムが流されたそうだ。故人が生前好んでよく聴いていたという。

宮原ススムが亡くなって数年後、私は親の介護のため社を辞めた。フリーランスの編集者として家で仕事をしながら寝たきりになった親の世話をした。仕事を辞めてフリーになって〝世間〟の荒波に揉まれることの厳しさを思い知った。そのような経験をした後、宮原が死ぬ直前書き残したものは何を言いたかったのか捉え直そうという気持ちになった。

宮原ススムが亡くなったのは311原発事故の前年だった。〝遺稿〟の発表時はほとんど無視されたが、事故後一部の人から注目された。
生前宮原と懇意にしていたある文芸評論家が書いていた。「原子力発電所建設によって家族関係は引き裂かれ、異議申し立てを行った者は真っ当な人生は送れなくなるという呪いのような刷り込みを大人たちからされたらしい」

実際、宮原ススムの人生は順風満帆な正規ルートから大きく外れたものになった。長い放浪生活を経て作家になったが、本人にとってそれが納得いくものだったのか？

ある退職した編集者によると〝遺稿〟で自殺した青年は実は本人だという。真偽は不明であるが、それが本当なら未遂ということになる。

「人間死ねば無責任で死ねる」発表後最も不評であったこの言葉は、少々乱暴だが、反語的な物言いだと理解できる。

３１１事故の処理も、廃棄物処理も、世代を超えて、気の遠くなるほど長大な時間を必要とする（ものによっては十万年？）。

一代で完結しない。作家は一代で完結しないことはするなと言いたいのだろう。しかし、なぜかあの日あの時、彼は乾坤一擲の大勝負に出た。死を前にして書き残したかったことがまだあったに違いない。

宮原ススムが亡くなったため、彼の主張する通り彼自身も無責任の一人となった。

「汝が性のつたなきをなけ」という古典の一節が〝遺稿〟にあった。川に捨てられた二歳ぐらいの幼子に向かって放たれた芭蕉の言葉らしいが、それはそのまま自分自身に跳ね返ってくる。

私も捨てられた赤ン坊の一人に過ぎないのか。いや、作家のペシミズムに抗して、私は人類はやるべきことを必ずやり遂げると信じている。

海の中の記憶

ボクは一級河川の河口近くの河原を散歩していた。大都市を突っ切って流れる河だ。堤防の向こうにマンションが建っている。駅から遠いが眺望が良い。運動好きにはうってつけの地で、河川敷の運動場《グラウンド》では休日にはいつも、野球やサッカーの試合が行われ、市営のバーベキュー場は家族連れで賑わっている。

十四くらいの子犬を連れた老夫婦と何度かすれ違った。聞けばブリーダーだという。

「一匹いくらで売れるの?」とお婆さんの方に尋ねてみた。

「ウチはペットショップに卸してるんだけど、値段を教えるわけにはいかないよ。企業秘密だから」

買う気がない人には教えないのか。犬好きか否か一瞥しただけでわかるようだ。

退職後、夫婦は小遣い稼ぎでブリーダーをしてきた。ブームの時は次から次に売れて月ウン十万円稼いだ時期もあったという。

「二人の年金にプラスそこそこの収入があるわけだから、生活には困らないけど……最近エサ代がかかるのが悩みの種ね」とお婆さんはボヤく。

「オレなんか、新しいジャンパー買ってもらえねえから、破けたとこ自分で縫って繕ったよ」とお爺さんの方は、ジャンパーの脇の下をボクに熱心に見せてくる。

「贅沢しなければ何とかなるものよ」とお婆さんはすかさずお爺さんを牽制してきた。

人は工夫と努力で最低限の生活は維持できるとする倹約家の老夫婦の言葉には、昔からある生活者の知恵が生きているような気がした。


さて、ボクはと言えば、中堅クラスのビジネスホテルチェーンのフロント係として平々凡々な生き方をしている。幸せだと感じたことはないが、不幸だと感じたこともない。給料は決して高くないが、普通に生きていくには申し分ない。少しだが貯金もある。

何か趣味でも始めたらどうかと本社の部長に言われたことがあった。月に一、二度必ず一人で行く映画鑑賞が唯一の趣味かもしれない。

まじめにこつこつ働いていれば、そこそこに評価され、その場所で自分のポジションを築き、身分相応な生活は可能になる。各安生理だ。

仕事を覚えるため最初の二、三年は戸惑うことも多かったが、全般的に慣れていくにしたがって、仕事というものに自信が持てるようになった。

また、いくつか資格を取るために、通信教育を受講し、試験を受け合格し、一つずつ資格を取得していった。


三十歳になるかならないかの頃、同じフロントでアルバイトをしていた女子大生の重吉邦子が相談をもちかけてきた。

「わたし、生活に困っている後輩がいて、わたしのアパートに一晩だけって約束して、泊まらせてあげたの」

「大学の安い寮には一年しかいられない決まりがあって、寮を追い出された彼は、キャンパスや近くの公園で寝泊まりしてたみたい……」

「一晩だけの約束がその後も何度も来るようになって、そのまま居つくようになったんだ。授業に出ない上に、アルバイトとか全然しない男で、家でゲームばかりしてるの。『出てけ』って言ってやったら、強い調子で言い返してきて居座るの。

……怖かった……。わたしもうイヤになって……」

「ねえ、主任さん、わたしをしばらく主任さんのマンションに避難させてくれない？」

ボクは彼女の話を鵜呑みにしたことは事実だ。無論、彼女の言い分は間違っていない。

重吉邦子は最小限の荷物を少しずつ運び出し、大半の荷物は捨てるつもりでそのままにしてアパートを出た。アパートには居候君が残ったが、不動産屋に言って契約を解除してもらい、居候君は後日残りの荷物を処理する業者によって部屋から追い払われた。

大学で何度か見かけた。その男がいるとわかると彼女は逃げた。大学に相談すると職員はすぐさま警察に連絡し、警察から男に警告が発せられた。

その結果、大学に居づらくなったその男は姿をくらまし、行方不明になった。

以後、重吉邦子はボクの借りている２ＬＤＫの賃貸マンションにいっしょに住むことになった。

部屋代をもらってないことを重吉邦子は気にしてか、部屋の中をよく掃除した。

おかげで部屋はとてもきれいになった。

食事は各々が別々に作って一人で食べることにした。

家事以外週に一度、火曜日の夜に関係を持つようになった。水木が休みだからだ。そうすることが自然なことのなりゆきだと思えるようになっていた。

それぞれのスケジュールに基づいて、決まりきったパターンの共同生活が一週間ごとに更新されていった。仕事と生活の一週間は良く言えば心身のバランスが取れ充実していたが、悪く言えば女性のリズムに男性が合わせて生きることを意味した。

幸福とはその時々の感覚によって意識されるものではなく、過ぎ去っていく時間の速さが変わった時、失われたリズムを後から思い出してそれを意識するものなのであった。

そう考えてみると、あの時、ボクは重吉邦子のことを愛していたんだろうか？

同棲した期間、だいたい二年くらいのことだったが、その時間の長さは、二人の生活の確からしさを定着させるには充分だと思っていた。

ところが、重吉邦子は就職先を地元の小学校に決め、大学卒業が確定するやいなや、ここから忽然と姿を消した。

ボクは巨大な隕石が落ちてきて、その衝撃と爆発によってできたクレーターと同じくらいの喪失感を噛みしめることになった。

理性としては起こったことの変化を、冷静に受け止めたと思っている。職場でも噂になった。有能なアルバイトの学生が一人辞めたことは少なからずの痛手であったが、彼女がボクと同棲していたことは、従業員はだいたい知っていたようである。


教育実習のため故郷の南之大島へ三週間くらい帰ったことがあった。戻ってきて元の生活に戻った。ボクはてっきり教員の仕事はこの近くでするんだと思い込んでいた。

実習に向かう日、南之大島へ出航するフェリーの港までクルマで送ってあげた。貨物を積んだトラックがフェリーの中へ手際よく入っていくのを、ボクは埠頭の建物から眺めていた。重吉邦子は船からボクを見つめていた。

お決まりの紙テープを船と岸壁の間に渡している人もいた。銅鑼が鳴る。船が岸壁から離れる。小さくなる彼女をボクはじっと見つめた。

三週間して実習は無事終わり、帰路重吉邦子は、港からマンションまで公共交通機関を使って帰ってきた。

「何で呼ばないんだ」

「ああ、パートのBさんにシフトを聞いたら、難しそうって思ったから」と言うのであった。


周囲の視線に耐えられないものがあったが、一人前の男はこういう時、何くわぬ顔をしていなければならない。パートのおばちゃんたちは、ボクと重吉邦子の噂話で持ち切りだった。休憩時間の笑い声を聞いて、職場での自分の立ち位置がよくわかったような気がした。


季節は秋になった。ある日、映画館で映画を観ていると、グウグウ鼾をかいて寝ている女がいた。仕事で疲れているんだ、寝かしといてやれとボクは思った。

映画館を昼寝のために使うなんてファンとして心外だが、ビジネスウーマンにはビジネスウーマンなりの理由があるのだろう。ボクは別の席に静かに移って被害を最小限に抑えた。

その女に再び出くわしたのは、スキューバダイビングの講習会だった。潜水用の深いプールの出口のところにあるシャワーを浴びていたら、女がボクを物欲しそうな顔で見ていた。

ボクはタイプの女ではなかったので無視したが、記憶のどこかにある顔だと思った。

ダイビングスクールでの講習は三分の二くらいが終わった。試験を受けて合格すると、いよいよ海に出る。もちろん「処女航海」はインストラクターの先生がついてきてくれる。講習会とは別料金のオプションになるが、一泊二日のダイビングツアーを申し込んだ。

「ねえ、私のバディになってよ」と、記憶のどこかにあるあの女が言ってきた。名前は山本蓉子という。蓉子の『蓉』は内容の『容』に草冠がついていて、そこには母の拘りがあるという。

「それって芙蓉《ふよう》の『蓉』でしょ」

とボクが言うと、目を真ん丸くして驚いたという顔を作って見せ、「芙蓉って花の名がすぐに出てきた人に初めて会った」と言うのであった。

あの鼾女だ。分類はもちろん要注意人物だ。要注意の女の中でも一番奥のどうでもいいところにしまっておいた。

「山本さんのお仕事は何なんですか？」と、気になっていたことをつい聞いてしまった。

「何だと思う？　当ててみて」

「さあ何でしょう。生命保険のセールスをなさっている方ですか？」

「正解と言いたいところだけど違うわ。コンピューターのプログラマーをしているの。最近までは某銀行のシステム管理のプログラムの大々的な改修をしてたんだけど、今は航空会社の貨物詰め込みのためのプログラムを一から作り直すプロジェクトを任されているわ」

まな板の上に蛇口の水を垂らして流した時のように、長い説明をささっと済ませた蓉子さんは、とても嬉しそうな顔をした。自分の仕事の〝成果〟を語るドヤ顔が、一番可愛く見える女性は初めてかもしれない。

ほかに適当な人物がいなかったためにバディは蓉子さんに決まった。次のダイビングツアーに限るという約束もした。

ボクは愛らしくスタイルもいい重吉邦子と出逢って、実は自分は見た目重視だったことに気づいた。

目の前の現実は普段と何も変わらなかったのに、重吉邦子との同棲生活は、今振り返ると悦びに溢れていた。周囲の人たちからの羨望の眼差しを浴び強い嫉妬も感じられ、心地良かった。

「こんなに可愛い女子大生と同棲しているんだぞ」と、大きな声で言いふらしたくなる衝動をボクは心のどこかに抱えていたことを知った。

ある日、重吉邦子と、言葉ではない自然な成り行きのやりとりをしながら、抱擁し愛し合い、互いの満足を確認した。

重吉邦子はボクの体に寄り添って、静かに寝ていたように思う。ボクもベッドの横にあるスタンドの電気を消して眠ろうとした。ところが、入眠のタイミングを逸したボクは、夜勤明けだったせいか眠れなくなった。

ベッドの脇の小テーブルの上に、無造作に彼女のトートバッグが置かれていた。その中に電子辞書があったので、バッグから取り出し、何の気なしにいじってみた。辞書の中に古典の文学作品が多数収録されている。ボクはその中の伊藤左千夫の『去年』という短篇小説を閑つぶしに読んだ。

『去年』は『野菊の墓』というタイトルの文庫本に収録されていた短篇で、『野菊』は読んで素直に感動したが、『去年』ともう一篇の短篇は読まないまま、その文庫本を学校図書館に返却したのだった。中三か高一の頃だ。

真夜中、電子辞書のボタンを押して、読まずじまいになった二篇のうちの一篇を読み始めた。

重吉邦子が隣ですやすやと寝ている横で、ボクは一通り読み終わったが、あまりに不条理な内容であったため、受け止めることができずにいた。

大切に育ててきた乳牛が感染症になり、殺さざるを得なくなった。呼ばれた屠畜の専門家が握り手のついたハンマーのような鈍器を使って、牛の頭部を一撃によって砕き割る。

ミスれば牛は苦しむ。だからミスは許されない。殺すことは残忍な行為だが、苦しませずに殺すことが最善手なのであった。

重吉邦子はボクに背中を向け、ぐっすり眠っていたように思う。ボクはベッドの横にあるスタンドの電気を消して再び眠ろうとした。しかし、頭の中に牛の頭蓋骨を叩き割る鈍い音が残ってさらに眠れなくなった。

邦子さんとの同棲生活は、それなりにうまくいっていると思っていた。しかし、牛を殺す話を読んだ後、彼女との関係が少しずつ変わっていった。

「わたしを自立した一人の人間として見てほしいの」

「そうだよ。ボクは女性差別はしていないつもりだ」

「黒住さんはわたしのこと何もわかってない」

「そりゃ、君だって、ボクのことわかってないことの方が多いよ」

彼女とのその頃の会話は明確に覚えていないが、つっかかってくるような質問を浴びせてきた。何を訴えたかったのだろう？

ただ、一つの抗議だけははっきり覚えていた。

「ねえ、わたしのバッグの中、勝手に見ないでよ」

そのクレームはいつもとは異なる調子で言われた。

無断で電子辞書を使ったことがそんなにいけなかったのか？

蓉子さんにボクの身辺に起きたことを話したら、蓉子さんは自分の結婚生活について話し始めた。四年制大学を卒業して就職し、二十五歳の時に結婚。仕事を辞めて家庭に入った。

しかし子どもができず、三十歳の時、離婚。自分から家を出たことになっているが、実際は姑にイビり出されたようなものだった。

コンビニや宅配のアルバイトをしながら、手に職をつけるため、コンピュータープログラミングを学び、三十三歳の時、システムエンジニアとして今の仕事に就いた。

仕事は軌道に乗り、ダイビングを趣味として始めた。三十五歳。ボクより三つ年上になる。

蓉子さんには少し焦りのようなものが見え隠れする。どちらかというとボクはグズグズしている男のように見られた。

蓉子さんの率直な意見によると、ボクが前を向いて歩けないのは、「邦子さんのことをまだ引きずっているからだ」と言う。

蓉子さんを重吉邦子と比較するのは失礼千万なのに、ボクは頭の中で比べてしまう。性格は正反対。重吉邦子は何事にも控えめな態度で思慮深い。何かを決める時はすぐに決めないでよく考えてから決める。一方、蓉子さんは何でも即断即決だ。失敗してもすぐに修正できる。行動力があり積極的だ。

蓉子さんによれば、ＯＬの時も、専業主婦の時も、どちらかというと控えめな女性を演じていたという。

ところが、離婚をきっかけに蓉子さんは仮面を脱ぎ捨てて、矛盾に満ちているこの社会と真正面から向き合い、自分の気持ちにウソをつかないで生きていくことにした。

と同時に、どんなに多忙であっても、自らの人生を謳歌して、楽しみながら生きることにした。

食べるのが好きで食べ歩きをよくしたら、以前より太ってしまった。ダイエット本を買い漁り、いろいろな方法を試してみたが、どれもうまくいかなかった。それで運動不足解消も兼ねて、ダイビングを始めたという。

悩み事の聞き役になるためには修練が必要だ。話す方は悩みを誰かに話すことで楽になると同時に、自分の中で整理をして前へ進むための準備をする。

ボクは蓉子さんの過去に起きたことを否定しないで、そのまま聞いてあげた。聞き役になることで、自分の足りない部分も見えてきた。

「相談事は相談相手に誰を選ぶかで、だいたい『答』は決まってしまう」ある人生相談の書き手が書いていた。

しかし、人生相談で忘れてはならないのは、自分で答を見つけ、選び取り、実際の行動に移すことだ。

間違った答を選ぶかもしれないが、そのことも含めて、自分の決定や行動に責任を取らないといけない。

だが、理屈ではわかっていても、時間がかかることがある。そういう場合、本人の心の中に道筋がつくまで待つほかない。


蓉子さんは表面上積極的で前向きな働く女性を演じてはいるのかもしれないが、心の奥底では過去の忌々しい事件の数々が引っかかって、身動きが取れない部分があった。

姑の緻密な策略に一つ一つ追いつめられた。自分がすることなすことが罠にハメられた。それら仕かけのすべてが姑の企み通りだったのだと、ずっと後になって理解した。

姑のもくろみが事前にわかっていれば、打つ手があったかもしれない。少なくとも、義母と夫のハラスメントの一つ一つを記録し、離婚協議の時ぶちまけていれば、最低限の慰謝料を取れたかもしれない。

しかし、あの時相手からお金を取るなんて、寸分も考えていなかった。離婚後の生活再建を考えたら、それ相応のものをもらってしかるべきだった。

「ちゃんとした家」を守るために、嫁は必ず跡継ぎを産まなければならない。五年間、子を授からなかった女は、嫁として失格である。そのようにはっきりと言われたことは一度もなかったが、蓉子さんは少しずつ家庭の中に居場所を失い、とうとう協議離婚に追い込まれた。

話し合いは弁護士がすべて行い、書類にサイン、押印させられ、文字通り無一文で家から出された。

実家は兄と兄の嫁がいて帰れず、兄に借金をしてアパートを借りた。アルバイトをかけ持ちし生活費を稼いだ。

少ない収入から学費を捻出し、夜社会人向けのプログラマー養成講座に通った。今振り返ると、本当にきつい三年間だった。

蓉子さんの半生は同情されるべきものだ。蓉子さんに一目惚れした御曹司は、結婚後、次第に蓉子さんに飽きていった。その一方、蓉子さんは「家」の一員になるべく、誠心誠意努力した。

姑との関係は表面的には良好だった。「家」に馴染めば馴染むほど、自分の母親に似てくる妻に魅力を感じなくなった御曹司は、とうとう外に愛人を作った。子を授からなかった原因の大部分は夫にあったはずだ。

にもかかわらず、「家」を守るために何が何でも子どもが必要とされた。蓉子さんは、姑に言われた通り、ありとあらゆる機会を逃がさぬよう気を配り、夫のご機嫌を取って子を授かろうとしたが、夫はその気がなかった。

五年の月日を費やしたが、子どもはできなかった。子どもを産まない嫁は追い出され、姑が目星をつけていた家のお嬢様が新しい嫁として選ばれ「家」に入った。

蓉子さんは後からその話を聞いて、無性に腹が立った。ボクも、今時信じられない感覚だと思った。

しかし、日本という国は厳然とした階級社会であり、家柄というものは、学歴などよりはるかに重い意味を持っている。

客商売をしている身から言わせてもらえば、結婚する前の蓉子さんの社会に対する無知と甘さが気になった。

蓉子さんが属する階級《クラス》から夫が属する階級《クラス》へ移ることは、「玉の輿」という言葉によって単純に処理できないほど、難しさが伴うものなのだ。

蓉子さんは外に飛び出して、せいせいしたと言っている。あんなに雁字搦めで不自由な「家」にいて、人が幸福に生きられるはずがない。

一番哀れに思われたのは夫ではなく義母だった。彼女は一生「ルール」に従って生きていくしかない。自分という存在が塵埃ほどもない人間だ。「家」というものの奴隷と言って過言ではない。


そのように考えられるようになって、蓉子さんは気持ちに整理がつけられるようになっていったという。翻ってボクはどうだろう？　突然姿を消した重吉邦子を許せていない自分がどこかにまだいるのかもしれない。

「その人と会って、話し合うべきだわ」と蓉子さんは言う。そうだと思った。しかし、わざわざ別れの儀式をするために、南之大島まで会いに行かなければならないなんて、面倒臭いように思われた。

「面倒臭い？　そう自分に言い訳して逃げてるだけじゃない」

蓉子さんの言い分はもっともだと思った。ボクは休暇を調整し、重吉邦子の実家がある南之大島へ行くことにした。もちろん、蓉子さんもいっしょだ。ダイビングのための旅行というのが表向きの名分だった。

飛行機から出る時、むっとした空気に圧倒された。南国に来たことを意識した。邦子さんの住所は、たまたま彼女がマンションに残していった、実家からの手紙でわかった。島に来て、その住所を頼りに重吉邦子の実家へタクシーで向かった。

ボクが両親に、邦子さんはどこにいるか尋ねると、父親は「もう会わない方がいい」と言った。

するとすかさず蓉子さんが割り込んできて、「それじゃ困るんです」と言って、事情を説明した。

すると今度は母親が「わかった」と言って、彼女がどこに住んでいるのかを教えてくれた。女どうしはわかるらしい。

もう夕方だ。邦子さんは勤務先の小学校から帰って、夕食の準備をしていた。

蓉子さんは貸家の中へどんどんと入っていって、会ったことがないのに、重吉邦子を見つけ出した。

「どなたですか？」と彼女が問うた時、蓉子さんの後ろから顔を出したボクを見て、即座に事情を理解した。

ちょうどその時、邦子さんの今の彼氏が中へ入ってきた。一触即発？　殺気のようなものが一瞬走った。

蓉子さんは、肉体労働をしていると思われる屈強な男とボクの間にスッと入って、事情を説明してくれた。

その男は蓉子さんの話を聞いて、すぐに納得。「二人でちゃんと話をして、終わらせるべきだ」とやさしく言った。


四人で夕食を摂ることになる。何で大事な話の前に四人で食事をするのか、その展開がよくわからなかったが、四人とも空腹であったことは確かだ。

陽はとっぷり暮れていた。邦子さんの手料理は美味しかった。四人の食事は、お通夜みたいに静かだった。奇妙な時間が過ぎた。

食事が終わると、邦子さんの今の彼氏と蓉子さんは外に出た。家の中はがらんとしている。重吉邦子とボクは正座で相対した。

「二年間、お世話になったのに、黙ってマンションを出て、申し訳ありませんでした」と邦子さんはそう言って、頭を下げた。ボクは言葉が出なかった。

外の後ろの方の陰で、蓉子さんと今の彼氏が中の様子を窺っているようにも感じられたが、無視することにした。

ボクは長い間気になっていた疑問を邦子さんにぶつけた。

「ボクは利用されていただけなの?」

邦子さんは答えられずに黙っていた。窓の外から南国の海風がフワッと吹いて、カーテンが盛り上がるように膨らんだ。

「わたし、最後の最後まで、迷っていたの」

声は小さくなった。見るとポロポロ涙を流している。

「わたしは、未来永劫あなたといっしょに生きていく、と思っていたの。四年生の一学期、教育実習で故郷に帰った時、両親や先生や幼馴染と再会して、故郷に戻ってきてほしいと言われたの。戻るつもりはなかったけど、教育実習の最後の日、故郷の学校で教員になってほしいって、地区のみなに説得されたの……」

「話しているうちに、だんだん断れないようになって……」

またポロポロ涙を流している。ボクは言葉が出なかった。

「わたし、本当に悪いことをしたと思ってる。何も言わずに出て行ったんだから、ひどいよね。でも、あの時は、どうしても言えなかった」

島の人たちの強い思いのようなものが伝わってきて、島を捨てるような言葉を発せられなかったという。

邦子さんは涙が流れて止まらなかった。ボクも涙が出てきた。

「もういいよ。ボクは平気だよ。大丈夫だよ。もう気にしてないから……」

潮騒の音が夜の海風に運ばれてくる。ボクは強がりを言うつもりはなかったが、続けた。

「ちょっと会いたくなって、ここに来たんだ。ダイビングをしに来た。邦子さんが元気にしてるかなって……ちょっと見に来ただけだよ」

思い当たる言葉をできるだけ多く口にした後、ボクは下を向いてしばらく黙っていた。

家の外の少し離れたところから、蓉子さんの啜り泣く声が聞こえた。

蓉子さんとボクは、邦子さんの今の彼氏が運転するクルマに乗せてもらって、ホテルに戻った。

一人になったボクは、シャワーを浴び、ベッドに先に入って寝てしまった。ボクは思った以上にひどく疲れていたが、やるべきことをやり遂げた後なので、ぐっすり眠れた。


翌日、蓉子さんとボクは、ダイビングポイントまで船で行き、南之大島の海を堪能した。聞きしに勝る海底の美しい珊瑚礁。そして南洋の様々な魚に出会うことができた。

蓉子さんは、潜るやいなや水中ビデオを使って、海の中に広がる光景を撮影した。コンテストに応募するためだ。蓉子さんが機材を持って撮影している時、いつもとは顔つきが違っていた。ボクはただブラブラと海の中を散歩した。

潜水時は、重りとタンクを装着し、陸《おか》とは全く違う感覚になる。自分が自分ではない別の生き物になったかのようだ。

ボクは耳抜きがうまくいかなかったせいか、頭蓋骨が水圧によって常に押さえつけられていた。実際に海に潜るより、蓉子さんが撮ったビデオを見ている方が、落ち着いた気分で見られる。その方が海の中の様子がよくわかる気がした。

海面に上がる。大海原のど真ん中、自分という人間の隠れていた本能を感じ取った。

人間の感性というものには、未開拓な領域があって、まだ見ぬ感性が己れの内奥から引き出されるような気がした。

再び海の中の世界に入っていくと、自分という存在も、海の一部になっていることに気づかされ、ようやく、海の本当の良さを実感できるようになっていった。

ブルーの小さな魚の群れが、ボクの目の前を通り過ぎた。生きている魚は、金属の銀とは異なる輝きをしている。

天井のような海面。太陽光が照らし出す海中の景色は常に動いている。海底には砂漠にできた風紋のような波の形が見える。

少し距離を置いて、黒いハタがボクを窺っている。ハタは鰓をゆっくり動かしている。よく見ると小さな魚が大きな魚の鰓を掃除している。

海の中の色彩は刻一刻変化する。太陽が雲に遮られるとあっと言う間に、光に照らされていた海面下の彩度が変わっていく。

魚の群れは戯れるように泳ぐ。誰かが方向を転じるとみなが一斉についていく。ついていかない時もある。

ウミガメが一人ぼっちで泳いでいる。よく見たらコバンザメといっしょだ。ウミガメは前足で泳ぐ。後ろ足は舵だ。

鰭が黄色い大きな緑青の魚に近づくと同系色の斑点があることがわかる。魚体の鱗は黄色の縞になっている。見る角度と距離によって見え方が変わる。

蓉子さんとボクは三日間海の中にいた。

陸《おか》に上がって蓉子さんが撮影した映像を見て再確認したものが、ボクの記憶に再び収められていく。この眼で見たのに見たことを忘れていた。それは己れの記憶の不確かさだ。

帰途、飛行機の窓から雲海を眺めていた。ほろほろと涙を流す邦子さんが瞼《まぶた》に浮かんだ。

愛されていたのに、邦子さんの気持ちをわかってあげられなくて、邦子さんばかり責めていた。

自分に欠けているものが見えた気がした。

旅はそうして終わり、蓉子さんとボクは次のステップへ進むことができた。

南之大島の海の中の記憶は三十年くらい前のことだ。蓉子さんとはその後、別れた。蓉子さんが起業家として仕事が忙しくなった頃のことだった。

ボクはホテルを辞め、営業マンになり、取引先で今の嫁さんを見つけた。

結婚後、ホテルマンの仕事に戻り、大都市から離れた場所にあるホテルの副支配人になった。やりがいがあった。

二人の子に恵まれ、一所懸命育てた。子どもが大きくなって自立した後は、二人の生活に戻った。平凡だが幸せな家族の生活だ。

一方、蓉子さんは、自らが立ち上げた会社が成功し、ビジネス雑誌でそれが紹介されているのを見たことがあるが、今どうしているのか知らない。

蓉子さんとボクの関係は、結局結婚に至らなかった。そして邦子さんのことは、蓉子さんより、過去の記憶から薄れている。

残っているのは海の中の記憶だけだ。

〈著者紹介〉
中原 信（なかはら しん）
1962年愛媛県生まれ

海《うみ》の中《なか》の記憶《きおく》

2025年1月31日　第1刷発行

著　者　　中原 信
発行人　　久保田貴幸

発行元　　株式会社 幻冬舎メディアコンサルティング
〒151-0051　東京都渋谷区千駄ヶ谷4-9-7
電話　03-5411-6440（編集）

発売元　　株式会社 幻冬舎
〒151-0051　東京都渋谷区千駄ヶ谷4-9-7
電話　03-5411-6222（営業）

印刷・製本　中央精版印刷株式会社
装　丁　　弓田和則

検印廃止

Printed in Japan
ISBN 978-4-344-69099-8 C0093
幻冬舎メディアコンサルティングＨＰ
https://www.gentosha-mc.com/